세상에서
가장 작은
동물원

LE PLUS PETIT ZOO DU MONDE
by Thomas Gunzig

Copyright ⓒ 2003 by Editions Au Diable Vauverts
Korean Translation Copyright ⓒ Munhakdongne Publishing Corp., 2010

This Korean edition is published by arrangement with
Editions Au Diable Vauverts through Il Caduceo Literary Agency
and Book Cosmos Agency.
All rights reserved.

이 책의 한국어판 저작권은 Il Caduceo Literary Agency와 북코스모스 에이전시를 통해
Editions Au Diable Vauverts와 독점 계약한 (주)문학동네에 있습니다.
저작권법에 의해 한국 내에서 보호를 받는 저작물이므로
무단 전재와 무단 복제를 금합니다.

이 도서의 국립중앙도서관 출판시도서목록(CIP)은
e-CIP 홈페이지(http://www.nl.go.kr/cip.php)에서 이용하실 수 있습니다.
(CIP제어번호: CIP2009004168)

세상에서
가장 작은
Le plus petit zoo du monde
동물원

● 토마 권지그 소설 ─ 윤미연 옮김

문학동네

고양이 아르튀르를 추억하며

1990~2001

신체 내에서 생명력이 만들어내는 즉각적인 결과들 :
자연에서 관찰되는 모든 돌연변이를 지배하는 법칙들은 결코 모순되지 않으며 어디서나 동일하다. 그러나 그 법칙들이 살아 있는 생명체 안에서 작용될 때, 생명을 잃은 신체에서와는 아주 다른 결과, 완전히 반대되는 결과를 낳는다.

라마르크, 『동물철학』

한정된 지역에서 유리한 환경으로 인해 어떤 한 종種의 개체수가 급격하게 증가하면, 그 종에는 전염병이 자주 발생하게 된다.

다윈, 『종의 기원』

파이오니아에는 '모놉'이라는 동물이 살고 있다. 온몸이 긴 털로 뒤덮여 있다는 것만 제외하면 이 동물의 생김새는 황소와 흡사하다. 그런데 내가 들은 바로, '모놉'은 사냥꾼들에게 쫓기면 겁을 집어먹고 몹시 뜨겁고 시큼한 냄새가 나는 배설물을 배출하는데, 이것이 사람 피부에 닿으면 그 자리에서 목숨을 잃게 된다고 한다.

엘리앙, 『동물들의 개성』

차례

그것은 늘 그랬듯이 별것 아닌 문제로 시작되었다. 냉장고 스테인리스 손잡이에 번들거리는 얼룩이 묻어 있다든가 집 안에서 풍겨나는 이상한 냄새에 코를 킁킁거리며 추적한 결과, 며칠 전에 버렸다고 생각했던 통닭 찌꺼기가 찬장 속에 처박힌 채 발견된다든가 하는 시시한 문제로. 하지만 매번 그랬듯이, 거기서부터 슬그머니 시작된 말다툼은 단지 얼룩이나 냄새 정도가 아니라 그보다 더 포괄적이고 추상적인 비난의 지대를 향해 순식간에 미끄러져들어갔다. 정기항로 조종사들이 '난류지대'라 일컫는, 탑승객들에게 안전벨트를 단단히 조이고 담뱃불을 끄라고 지시하는 그곳으로.

카티는 매번 그랬듯이 약속, 헌신, 사랑에 관한 '증거'의 필요

성에 대해 또다시 장광설을 늘어놓기 시작했다. 그리고 봅은 매번 그랬듯이 처음부터 끝까지 조용히 듣고만 있었다. 목을 한껏 움츠린 채 두들겨맞은 개 같은 표정을 유지하려 애쓰면서. 물론 자신의 그런 태도가 아내의 화를 더욱 부채질한다는 것을 그 역시 모르는 바는 아니었다. 하지만 매번 그랬듯이, 스스로 "말도 안 되는 뒤죽박죽 헛소리들"이라고 평가해온 아내의 잔소리를 한동안 그렇게 잠자코 듣다가, 느닷없이 그는 근거도 없는 고약한 말들을 퍼부어 타오르는 불에 기름을 들이부었다. "좌우지간, 너 같은 밥통이 사랑에 대해 뭘 안다고 지랄이야?" 대체로 이런 말들이었다(대개 그는 그런 말을 불쑥 내뱉고는 자기가 방금 무슨 말을 했는지 전혀 기억나지 않는다는 표정을 지어 보였다). 그리고 매번 그랬듯, 봅은 아내가 깜짝 놀라 말문이 막힌 사이, 재빨리 집을 빠져나가 한동안 정처 없이 차를 몰고 다녔다. 와이퍼의 규칙적인 움직임에 따라 분노가 조금씩 누그러들 때까지. 그러다보면 차츰 역겨운 슬픔이 굵은 덩어리처럼 울컥울컥 치밀어오르기 시작했다. 아내와 화해하기 위해 집으로 돌아갈 시간이 되었음을 알리는 신호였다.

그런데 그날, '카티와 봅 사이에 일어난 부부싸움의 공식절차'(어떤 문제점을 지적하고 충고하느라 시작된 말다툼이 점차 감정 싸움으로 번지고, 뒤이어 해서는 안 될 심한 말들이 튀어나오고, 그후에 봅이 집을 나가버리고, 다시 그가 집으로 돌아오고, 그런 다음 꽤나 긴 탐색전을 거친 후에 어느 순간 은근슬쩍 서로 다가가서 마침내 화해하기)와는 전혀 다른 상황이 벌어졌다. 봅이 돌아왔을 때 집 안은 불이 꺼져 캄캄했고, 카티의 모습도 보이지 않았다. 그녀의 외투, 칫솔, 화장품 케이스, 거의 전문가용에 준하는 헤어드라이어, 거기다 갈아입을 옷가지들까지 전부. 말 한마디, 자동응답기에 남겨진 메시지 하나 없이. 정말이지 아무것도 없이. 이건, 이건 '매번 그랬던 것처럼'이 아니었다. 여느 때와는 전혀 다른 상황이었다. 봅은 등골이 서늘해졌다.

그는 겨우 가라앉았던 분노가 표면으로 다시 올라와 아주 조용히, 마치 연못 위로 떠오른 썩은 나뭇조각처럼 머릿속을 떠다니기 시작하는 것을 느꼈다. 처음에는 이 일에 신경쓰지 않겠다고 생각했다. 요컨대 '그 밥통'을 기다리지 않을 작정이었다. 시장기를 느낀 그는 좀 있다 텔레비전이나 봐야겠다고 중얼거렸다. 쌀을 씻어 밥을 지으면서 봅은 메마른 정원을 멍하니 바라보았다. 육 년 전 그들이 이 아파트 1층을 구입하기로 결심했던 건 순전히 정원이 마음에 들어서였다. 봅은 강간당한 여자가 복수

를 해나가는 내용의 텔레비전 영화를 보면서 밥을 먹었다. 그리
고 그 뒤로 방영되는 시사 프로그램도 계속 보았다. 그러던 그는
어느새 자기가 전화기 앞에서 카티의 어머니에게 전화를 걸고
있음을 깨달았다.

"그애가 지금 어디에 가 있을지는 나도 전혀 모르겠네. 남녀
가 함께 산다는 건 캠핑하는 거나 다를 게 없어. 문제가 생기더
라도 놀라선 안 돼."

장모는 그렇게 말했다. 봅은 장모가 도대체 무슨 말을 하려는
건지 이해할 수 없었다. 그래서 그냥 잠을 자러 갔다.

봅은 한밤중에 일어났다. 모래라도 한 주먹 삼킨 것처럼 입 안
이 깔깔했다. 물을 마시는데 부엌 창 너머 정원에 어떤 거대하고
시커먼 덩어리 같은 게 버티고 있는 것이 보였다. 하지만 시각은
야심했고, 머리는 천근처럼 무거웠다. 그래서 그는 크게 신경쓰
지 않고 그대로 침실로 돌아가 다시 자리에 누웠다. 다음날 아침
일곱시쯤, 출근하기 전에 배를 채울 빵조각이라도 남았나 부엌
으로 갔을 때야 비로소 그는 그걸 분명히 보았다. 정원에 무언가
모로 누워 있었다. 낯선 물체가 정원 전체를 뒤덮다시피 하고 있

었다. 목은 이상한 각도로 접히고, 긴 다리 중 셋은 뻗고 나머지 하나는 몸통 쪽으로 구부린 채로. 그의 정원에, 죽은 기린을 빼다박은 무언가가 있었다. 봅은 씹고 있던 빵조각을 급히 뱉어내고는 신발도 신지 않은 채 축축한 잔디밭으로 달려나갔다. 의심의 여지가 없었다. 분명히 기린이었다. 노란 털에 드문드문 점이 박힌 기린(손가락 끝에 가볍게 스치는 털의 촉감이 기분 나쁘게 까칠했다). 그리고 그것은 죽은 게 분명했다. 아침하늘을 응시하는 광택 없는 커다란 두 눈, 침이 줄줄 흐르는 거무칙칙한 입에서 길게 비어져나온 혀. 봅은 바보처럼 주위를 두리번거렸다. 이것이 어디서 왔는지 밝혀내기라도 하겠다는 듯이. 하지만 눈곱만큼의 단서도 찾을 수 없었다. 축축한 잔디밭에 맨발로 서 있던 그는 한기를 느끼고 집 안으로 되돌아왔다. 출근을 하려고 옷을 갈아입는 동안, 그는 정원에 드러누운 죽은 기린을 도대체 어떻게 해야 할까 생각했다. 그러면서 미처 깨닫지 못하는 새 자신이 세상에서 가장 싫어하는 상태, 즉 자기 연민에 빠진 불쌍한 인간의 정신상태로 빠져들었다.

　회사에 온 그는 자재과로 보낼 서류 초안을 오랫동안 들여다보았다. 그러다 갑자기 심호흡을 하고 나서 수화기를 들고 카티의 제일 친한 친구에게 전화를 걸었다. 친구는 아무것도 몰랐다. 전혀. 친구는 "결국 이렇게 될 줄 알았다"면서 그가 "조금이라도 노력을 했더라면" 상황이 이렇게까지 되지는 않았을 거라고 말했다. "그애는 감정이 폭발해버린 상태이기 때문에 지금은 그냥 내버려둬야 한다"고도 했다. 봅은 두 손바닥으로 이마를 꾹꾹 눌렀다. 그리고 그날 하루를 되는대로 흘려보냈다.

집으로 돌아온 봅은 기린이 그사이에 어딘가로 증발해버리지도 않았을 뿐 아니라, 설상가상으로 야생동물에게서 나는 이상야릇한 냄새가 집 안까지 배어든 걸 확인하고 이맛살을 찌푸렸다. 이 문제를 책임지고 처리해야 했다. 카티는 그가 문제만 생기면 도망치려 한다고 늘 비난했다. 그래서 이번만큼은 어떻게든 혼자 힘으로 이 난관을 극복하겠다고 다짐했다. 그는 경찰서에 전화를 걸었다. 전화를 받은 여자는 성질이 아주 고약했다. 여자는 대뜸 경찰이 그 문제와 무슨 상관인지 모르겠다면서, 기린이 그의 집에 불법 침입하려 하거나 그를 공격하려 하거나 "그의 법인격에 조금이라도 손상을 가하려" 하지 않은 이상 기린 시체는 동물의 시체일 뿐 용의자의 시체도 아니며, 따라서 그가 "요령 있게 스스로 알아서 처리할 수밖에 없다"고 했다. 소방서, 청십자, 시민보호센터의 '자연재해' 담당부서 역시 '씨도 먹히지 않을 황당한 핑계거리들'을 이리저리 늘어놓으며 서로 발뺌을 했다.

봅은 다시 장모에게 전화를 걸었다. 장모는 "응, 그애 소식 들었네"라고 대답했다. 그리고 당신 딸은 "끊임없이 삐딱선을 타는 남자와 사는 데 지쳤고", 젊은 여자는 "누군가에게 기댈 수 있어야" 하며 언제나 "모든 문제를 여자 혼자 맡아서 처리해서는" 안 되는 거라고 말했다.

썩어가는 기린 냄새 때문에, 그리고 빌어먹을 자기연민 때문에 봅은 잠을 이루지 못했다. 이튿날이 되자 냄새는 훨씬 더 불쾌하고 강렬해졌다. 이웃 주민 네 사람이 몰려와 초인종을 요란하게 눌렀다. 그들은 "사흘 전부터 풍겨오는 끔찍한 악취 때문에 숨도 제대로 쉴 수가 없다"면서 가능한 한 빨리 이 문제를 해결하라고 촉구했다. 봅은 더듬거리며 사과하고는 정육점에 전화를 걸었다. 그런데 정육점 주인의 말에 따르면 "마스트리히트

조약*과 DG6** 기본협정 이후 열대 동물의 육류 거래가 엄격히 통제되고 있는데, 이는 우루과이라운드보다 훨씬 더 엄격하다"는 것이었다. 봅은 수화기를 내려놓았다. 울고 싶었다. 그는 거울을 들여다보았다. 거기에는 '너무나 초췌하고 지저분한 몰골'의 사내가 있었다. 그때 갑자기 전화벨이 울렸다. 카티였다.

카티는 물가에서 지저귀는 새 같은 목소리로 "내가 말했던 모든 것"을 생각해봤느냐고 물었다. 그녀가 뭘 생각해보라고 했는지는 전혀 기억에 없었지만, 그는 "아주 많이 생각했다"고 대답했다. "그래서?" 그녀가 되물었다. 그는 되는대로 대답했다. "응, 이제 달라질게. 노력하겠어." 침묵이 뒤따랐다. 이번에는 카티가 생각해보는 중일 것 같았다. 이윽고 그녀가 수수께끼 같은 어조로 "그럼 다음에 봐"라고 말했다.

그 순간, 한없는 공포가 봅을 사로잡았다. 수수께끼로 가득 찬 그 인사말은 그녀가 조만간 돌아올 수도 있음을 의미했다. 그렇다면 그에게는 선택의 여지가 없었다. 그는 회사에 전화를 걸어, 가래 끓는 목소리를 내면서 독감 때문에 출근할 수 없다고 말했

---

* 1991년 12월 11일 네덜란드 마스트리히트에서 유럽공동체 12개국 정상이 합의한, 유럽의 정치경제 및 통화 통합을 위한 유럽연합조약.
** 유럽연합 창설회원국인 6개국, 즉 프랑스, 독일, 이탈리아, 벨기에, 네덜란드, 룩셈부르크를 가리킨다.

다. 그리고 찬물로 세수를 한 다음, 창가에 서서 곰곰이 생각하기 시작했다. 그새 비가 온 모양이었다. 벽기둥 장식에서 물방울이 뚝뚝 떨어졌다. 기린은 잿빛으로 변해 있었다. 바로 그때 신의 계시와도 같은 기막힌 생각이 갑자기 머릿속에 떠올랐다. 그는 다시 한번 수화기를 들고 다레크 그루쇼브스키에게 전화를 걸었다. 다레크 그루쇼브스키는 지난해 집수리를 할 때 페인트 공사를 맡았던 폴란드 출신의 일꾼(불법 체류자인 게 분명했다)이었다. 봅은 그에게 문제를 설명했다. 다렉은 "아무 문제 없다"고 장담하면서 "내 사촌과 장비"를 가지고 한 시간 내로 가겠다고 대답했다.

일꾼을 기다리는 동안 봅은 집 안 곳곳을 뒤져 신문지를 있는 대로 끌어모으고, 열 개 묶음으로 파는 질기고 까만 대형 쓰레기 봉투를 사러 달려나갔다. 봅이 돌아왔을 때 다레크는 현관 문 앞을 서성거리고 있었고, 다레크의 사촌은 커다란 오펠 사륜구동의 트렁크를 열어놓고 장비들을 꺼내고 있었다. 봅은 그들을 데리고 정원으로 갔다. 그들은 무심한 눈길로 짐승을 이리저리 살폈다. 그리고 마침내 다레크가 말했다. "절단기…… 절단기만 있으면 금방 끝내겠군……" 봅도 그렇게 생각했다.

세 남자는 동물의 몸에 그처럼 엄청난 양의 다양한 액체와 기관과 뼈들이 담겨 있다는 사실에 깜짝 놀랐다. 냄새 또한 소스라칠 지경이었다. 마치 밀폐용기에 음식을 넣어두고 까맣게 잊고 지내다가 어느 날 무심코 뚜껑을 열었을 때 같았다. 봅은 욕실로 가서 수건을 가져왔다. 세 사람은 수건으로 코를 가린 후, 흙과 피로 뒤범벅이 된 검붉은 진창 속에 드러누운 기린에게로 돌아갔다. 수건에서 풍기는 라벤더 향기 덕분에 한결 견디기가 쉬워졌다.

다레크는 머리부터 발끝까지 피를 흠뻑 뒤집어쓴 채, 인간들을 벌하기 위해 내려온 격노한 신처럼 미친 듯이 전기톱을 휘둘러댔고, 그의 사촌은 잘려나간 살덩어리와 뼛조각을 부지런히 쓰레기봉투에 주워담았다. 기린의 각종 부위로 가득한 시커먼 쓰레기봉투들이 베란다 창문 앞에 산더미를 이루었다. 그들은 거의 두 시간 동안 쉬지 않고 일했다. 마침내 다레크가 "한잔해야겠다"고 소리쳤다. 봅은 맥주를 꺼내려고 부엌 냉장고로 갔다. 두 발이 끈적거리며 바닥에 달라붙었고, 손 역시 무언가에 닿기만 해도 쩍쩍 달라붙었다. 아주 불쾌한 느낌이었다. 하지만 빌어먹을 기린을 정원에서 빨리 치워버리려면 이 정도는 감수해야 했다.

그가 맥주병을 들고 거실에 앉아 기다리는 두 남자에게 돌아
가려는 바로 그 순간, 카티가 무대에 등장했다. 그녀는 그들을
바라보았다, 세 남자 모두를. 피를 뒤집어쓴 그들의 손과 다리,
신발을 차례차례 보았다. 아마도 지린내와 짐승의 썩은내가 뒤
섞인 악취도 맡았을 것이다. 그녀는 봅이 바닥에 깔아놓은 신문
지들을 보았다. 그리고 베란다 창문 너머에 쌓인 흉측한 쓰레기
봉투들을 보았다. 봅은 그녀를 향해 미소를 지었다. 기분이 좋아
졌다. 그는 자신이 달라졌음을, 앞으로 둘 사이에는 아무 문제도
없을 것임을, 그가 모든 문제를 책임지고 처리했고, 이제는 그녀
가 믿고 의지할 수 있는 남자가 되었음을 느꼈다. 카티는 뭐라고
말을 하려는 듯 입을 열었다. 하지만 그녀의 입에서 새어나온
건 고통스러운 한숨뿐이었다. 그녀는 시선을 떨구었다. 그리고
좀전에 바닥에 내려놓았던 여행가방을 다시 집어들고 집을 나
갔다.
　그후로 봅은 두 번 다시 그녀를 보지 못했다. 훗날 그는 카티
가 갑작스럽게 집을 떠난 건 그 여자의 성격에 뭔가 문제가 있었
기 때문이라는 결론을 내렸다. 그리고 그보다 훨씬 더 먼 훗날,

그는 이 결론을 더욱 확장하여, 여자란 전부 우울증환자에 한심한 미친년이라는 확신을 갖게 되었다.

프랭크는 원래 프랭크가 아니었다. 하지만 그는 프랭크라는 이름으로 불리고 싶었다. 그의 생각에 그 이름은 미국식이고 어딘가 위압적인 분위기를 풍겼다. 프랭크는 차를 찾으러 가야 했다. 도난 차량 보관소는 완전히 결딴난 구역, 금방이라도 토할 것 같은 악취가 코를 찌르는 시궁창 같은 곳에 있었다. 그래서 프랭크는 기분이 몹시 언짢았다. 도대체 왜 경찰이란 작자들은 그런 데다 보관소를 만들어 사람을 애먹이는지, 왜 차를 도난당한 사람이 직접 찾으러 가야 하는지, 왜 그 머저리들은 차를 근사한 곳에 얌전히 보관해두었다가 주인의 집 앞까지 갖다주지 않는지 이해가 가지 않았다. 제기랄! 경찰이란 작자들은 정말로 머저리들이다. 이건 다 그놈들이 한심한 머저리이기 때문이다.

언제든 사람 골탕 먹일 준비가 돼 있는 진짜 머저리들. 빌어먹을! 프랭크는 마침내 도난 차량 보관소에 도착했다. 머저리 경찰이 그에게 물었다. "무슨 일입니까?" 프랭크는 대답했다. "도난당한 르노4를 찾으러 왔습니다." 머저리는 갑자기 얼굴이 굳어지면서, 뭔가 오래전부터 알고 있지만 절대로 입을 열지 않겠다고 맹세라도 한 듯한 표정으로 대답했다. "아, 네에……" 프랭크가 머저리에게 물었다. "제 차에 무슨 문제라도 있나요?" 머저리가 대답했다. "아무 문제 없습니다. 정말 운이 좋군요. 도난 차량을 찾는 경우는 거의 없는데……" 그러고 나서 머저리는 누군가를 소리쳐 불렀다. 구석에서 잠을 자고 있던 늙은이가 비틀거리면서 일어났다. 왜소한 몸집에 때가 꼬질꼬질한 푸른색 작업복을 걸친 늙은이에게서는 기름 냄새와 세제 냄새가 진동했다. 머저리가 늙은이에게 르노4의 열쇠를 건넸다. 늙은이는 열쇠를 왠지 모르게 좀 슬픈 표정으로 내려다보았다. 마치 신문 부고란에서 삼십 년 동안 만나지 못한 중학교 단짝친구의 이름을 발견하기라도 한 것처럼. 프랭크는 다시 한번 그들이 뭔가를 숨기고 있다는 느낌을 받았다. 모두가 뭔가를 두고 쉬쉬하고 있었다. 기분이 아주 고약했다. 영화 〈신체 강탈자들의 침입〉에 등장하는 최후의 인간들이 느꼈음직한 기분. 정말로 어딘지 모르게 아주 불쾌했다. 만약 그곳이 제집이었더라면 그는 한바탕 소리를 질러 엄마를 겁에 질리게 했을 테고, 그러면 엄마는 "제발 그만 해라, 그렇게 소리 지르지 마라" 애원하면서 징징댔을 것이다. 그랬더라면 기분도 한결 좋아졌을 텐데. 하지만 여기서는, 이 멍청이들하고는, 아무것도 할 수가 없었다. 이 더러운 기분을 꾹꾹 눌러담아 뱃속이 거북해지고, 그래서 조만간 암에 걸리는 것 외에는. 빌어먹을!

멜빵 달린 작업복을 입은 늙은이가 건물을 빙 돌아 도난 차량이 있는 곳으로 프랭크를 안내했다. 가는 내내 늙은이는 쉬지 않고 웅얼거렸다. "아아아! 르노4, 그래, 그래, 르노4, 빌어먹을, 그놈의 차. 제기랄, 니미랄……" 분명 누군가에게 무언가를 털어놓고 싶은 듯했다. 마침내 차 앞에 섰을 때, 프랭크는 늙은이에게 물었다. "그래, 내 르노4가 뭐 어쨌다는 거요?" 작업복을 입은 영감은 오른쪽 왼쪽을 번갈아 두리번거렸다. 그러고는 기름 냄새와 계기판 닦는 데 쓰는 세제 냄새에 코가 얼얼할 정도로 바짝 다가와 프랭크에게 낮은 목소리로 속삭이기 시작했다. "지난주에 웬 미친 녀석이 차표도 없이 기차를 타려는 걸 검표원이 붙잡았다지. 그런데 녀석은 붙잡히자마자 제풀에 겁에 질려 엄청난 이야기를 털어놓았다는 게야. 당장이라도 현장을 보여주겠다고 했대. 경찰은 긴가민가하면서도 녀석이 말하는 곳으로 가봤다는군. 아주 한적한 숲속이었는데, 그곳에 정말로 세 명의 아가씨가 발가벗겨진 채로 죽어 있었다는 거야. 정말 끔찍한 모습이었대, 반쯤 뜯어먹히고 반쯤 뭉개져 있고. 경찰 하나는 그 자리에서 토했다지. 경찰생활을 꽤 오래 해왔지만 그렇게 끔찍한 광경은 처음 봤다더군."

프랭크는 이야기를 듣고도 별 놀라는 기색 없이 심드렁하게 물었다. "그래서요?" 늙은이는 목소리를 더욱 낮추었다. "그러니까 그 미친 녀석이 말이야, 국도에서 히치하이크하는 여자들을 태우려고 차를 한 대 훔쳤다는 거야. 그리고 그 녀석이 훔친 차가 바로 자네, 자네의 르노4였어. 그러니까 녀석이 그런 끔찍한 짓을 저지른 게 바로 자네 차 안이었다, 이 말씀이지."

처음에는 아무 느낌도 없었다. 차를 되찾아 그 시궁창 같은 곳을 빠져나온 것만으로도 만족스러울 따름이었다. 프랭크는 집으로 돌아왔다. 엄마가 텔레비전 볼륨을 있는 대로 높여 온 집 안이 쩌렁쩌렁 울리고 있었다. 〈퀴즈 챔피언〉인지 뭔지 하는 프로그램의 사회자가 떠들어대고 있었다. "나는 아시아의 하천으로, 아시아 메콩 강의 지류입니다. 피에르 로티*가 '용연향을 풍기는 독사'라 명명한 바 있는 나는 수세기 동안 몽골 제국과 그 최북단에 위치한 지역들을 잇는 주요항로 중 하나였습니다. 오늘날 이 항로를 따라 건설된 수많은 댐들이 롱긴 지역에 위치한 많은 도시들에 약 30퍼센트의 전력을 공급해주고 있습니다……"

프랭크는 그 강 이름이 무엇인지 조금도 궁금하지 않았다. 그는 거의 녹초가 되어 있었다. 머릿속에 엄마의 어항과 금붕어가 떠올랐다. 그리고 그걸 떠올리는 순간 완전히 맥이 풀려버렸다. 프랭크는 자기 방으로 올라가 시계를 쳐다보며 투덜댔다. 이러다간 분명 내일 아침에 기진맥진한 상태로 출근해서 하루 종일 헤맬 테고, 결국 한소리 들을 게 뻔하다. "어이, 정신 차려! 밤에야 뭘 하든 자네 마음이야. 하지만 여긴 직장이라고. 열심히 일해야 한단 말이야, 알아들어?" 그는 잠이 들었다. 그러자 더는 기분이 나쁘지 않았다.

---

* 프랑스 소설가. 1894년부터 1907년까지 항해여행을 하면서 인종학적 탐구와 이국 풍경, 항해 모습 등을 글과 사진으로 남겼다.

이튿날도 여느 때처럼 하루가 시작되었다. 프랭크는 계단을 내려와 또다시 엄마 방 앞을 지나갔다. 텔레비전은 이미 떠들고 있었다. 이번에는 홈쇼핑이었다. "잘 보세요, 정말 놀랍지 않습니까? 양쪽에 달린 이 폭신폭신한 부분들이 카펫이고 마룻바닥이고 할 것 없이 귀신처럼 온 집 안의 먼지를 쏙쏙 빨아들인답니다." 그는 차에 올라탔다. 비가 오고 있었다. 계기판에 뿌옇게 김이 서려 있었다. 그는 손수건을 꺼내 김을 닦아냈다. 그리고 시동을 걸어 잠시 공회전을 시키고는, 몸을 덥히기 위해 히터를 틀었다. 그러고 나니 차가 아주 마음에 들었다. 차는 뒤쪽 공간이 꽤 넓었다.* 그는 차를 훔쳐간 그 미친놈이 도로에서 태운 세 여자와 여기서 무슨 해괴망측한 짓을 했을지 궁금했다. "반쯤은 뜯어먹히고 반쯤은 뭉개지고." 우아아아! 생각만 해도 구역질이 났다. 프랭크는 그 모든 일이 바로 여기, 이 뒤쪽 공간에서 일어난 게 분명하다고 중얼거렸다. 세 여자를 뜯어먹고 강간하기에 앞쪽 공간은 너무 비좁았다. 그는 손목시계를 보았다. 아직 시간 여유가 있었다. 차에서 내렸다. 얼굴에 빗방울이 조금 떨어졌다. 급히 차 뒤쪽으로 간 그는 트렁크로 통하는 뒷좌석 문을 열고 올라탔다. 트렁크 안은 히치하이크하는 여자들을 가둬두는 데 아

---

* 르노4는 뒷좌석과 짐을 싣는 트렁크가 통하도록 제작되었다.

무 문제가 없을 정도로 널찍했다. 그는 혹시 차 안에 사건의 흔적, 이를테면 머리카락이라든가 부러진 손톱, 피, 밧줄 같은 게 남아 있지 않나 살폈다. 하지만 머저리 경찰들이 웬일로 이번만은 기가 막힐 정도로 깔끔하게 뒤처리를 해놓았다. 실오라기 하나 찾을 수 없었다. 그는 그곳에 드러누워보았다. 그 여자들도 이런 식으로 누워 있었을 것이다. 누운 위치에서 앞의 두 좌석을 고정시키는 지지대가 보였다. 프랑스 유명 회사의 아주 튼튼한 제품이었다. 그 미친놈은 바로 저기에 여자들을 묶어두었을 게 분명했다. 그외에는 달리 방법이 없었다. 그는 거기 그대로 누워 자기 눈앞에 세 여자가 묶여 있는 모습을 상상했다. 그의 입가에 미소가 떠올랐다. 정말로 역겨운 광경이었다. 입안에 침이 고였다. 그는 손목시계를 보았다. 지각할 것 같았다.

회사 인간들 때문에 하루 종일 진저리가 났다. 집으로 돌아온 프랭크는 엄마에게 한바탕 고함을 질러댔고, 엄마는 울기 시작했다. "으애앵 으애애앵……" 그는 말했다. "알게 뭐야, 죽든 말든 마음대로 해, 난 상관없으니까!" 그러고 나서 밖으로 나서며 문을 세게 닫았다. 쾅! 그는 스트레스를 풀기 위해 무턱대고 차를 몰기 시작했다. 지긋지긋한 날씨였다. 도시 전체에 집중호우가 쏟아지고 있었다. 꼭 수백만 개의 살수용 호스를 한꺼번에 틀어놓은 것처럼. 제대로 비정상적인 날씨였다. 유럽은 엘니뇨에 시달리고 있었다. 이런 식으로 퍼부어대면 해수면이 몇 밀리미터쯤은 금방 올라갈 테고, 연안 저지대의 도시들은 조만간 사라질 게 분명했다. 하지만 프랭크와는 전혀 상관없는 일이었다. 억수같이 쏟아지는 비 때문에 아무것도 보이지 않았다. 그는 한 공사장의 타워 크레인 뒤쪽에 차를 세웠다. 그리고 아침에 그랬던 것처럼 뒤쪽 트렁크로 갔다. 그리고 세 명의 히치하이커 여자들이 좌석 지지대에 묶인 모습을 상상했다. 그는 중얼거렸다. "자, 누구부터 먹어줄까, 응?" 그는 눈앞에 금발머리와 갈색머리가 있다고 상상했다. 아니! 금발 둘에 흑인 하나. 프랑스 말을 한마디도 알아듣지 못하는 브라질 여자. 축구경기중에 중계 카메라에 젖통이를 들이대며 환호성을 질러대는 그런 계집. 첫번째 금발머리가 질질 짜기 시작했을 것이다. 그러자 두번째 금발머리가 질질 짜는 금발머리에게 이렇게 말했겠지. "울지 마! 그러면 저 자식이 더 흥분해서 날뛴다는 걸 몰라?" 오오! 엄청나게 침착하시군! 프랭크는 그렇게 말하면서 계집의 아구창을 날려버렸을 것이다. 그리고 흑인 여자를 향해 이렇게 말한다. "그래, 너부터 먹어주지, 넌 아주 잘 구워졌으니까." 그러고는 허리가 끊어지도록 웃어댔을 것이다. 그는 흑인 여자에게 달려들어 라이크라 소재의 미니스커트가 금방이라도 찢어질 듯 불룩 솟아오른 탐스러운 엉덩이를 한입 가득 물어뜯었을 것이다.

우우우우! 그건 85퍼센트 다크초콜릿 맛이었다! 정말로 구역질이 났다. 그 미친놈은 어떻게 그런 짓을 할 수 있었을까? 프랭크는 트렁크 바닥에 누워 거친 숨을 몰아쉬었다. 그는 두번째 금발머리의 침착함에 꽤 놀랐다. 그 계집은 정신적 결함이 있는 그얼간이 녀석을 진저리나게 했을 게 분명하다. 빌어먹을, 재수 없게 그런 년이 걸려들다니. 하지만 첫번째 금발머리 역시 짜증나기는 다를 바 없는 년이었다. 물론 두번째 금발머리와는 완전히다른 식으로. 계집은 그의 엄마처럼 계속 "으애애앵! 으애애앵!" 하고 울어댔다. 깜둥이, 그년도 별로 다를 게 없었다. 정말로 구역질이 났다. 그는 토했다. 울컥, 제 차 트렁크 안에! 이제 신물이 났다. 모든 게 역겹고 짜증이 났다. 프랭크는 다시 앞좌석으로 건너갔다.

빗줄기가 약해지면서 밤하늘이 모습을 드러냈다. 달의 끝자락과 몇 개의 별이 보였다. 프랭크는 거대한 우주를 생각했다. 무한에 대한 생각이 화살처럼 그의 의식을 뚫고 지나갔다. 그 때문에 거의 통증이 느껴질 정도였다. 그리고 잠시 후, 영원에 대한 생각이 섬광처럼 그의 뇌리를 스쳐갔다. 그것 역시 화살과도 같았다. 그다음에는 신에 대한 생각이 그의 뇌리를 관통했다. 단지 달 귀퉁이와 몇 개의 별을 바라보는 사이에 세 개의 화살이 그를 뚫고 지나간 것이다.

집으로 돌아가고 싶지 않았다. 엄마는 틀림없이 텔레비전을 켜놓고 그를 기다리고 있을 테고, 지금쯤 골빈 연놈들이 떼거리로 나와 인기 연예인을 서로 차지하려고 다투는 프로그램이 방송되고 있을 것이다. 아무 생각 없이 차를 몰던 프랭크는 문득 들판으로 가서 은하수를 봐야겠다고 작정했다. 들판으로 가면 유성이 보일 것만 같았다. 오늘 밤, 무슨 일이 있어도 태양과 가장 가까운 별 프록시마켄타우리의 희미한 빛을 봐야 직성이 풀릴 것 같았다.

그는 직진 표지판을 따라갔다. 트렁크 쪽에서 금발머리들이 발버둥치는 소리가 들려왔다. 울보 계집은 자신과 깜둥이가 앞으로 어떻게 될지 몰라 잔뜩 겁을 집어먹고 징징대고 있었다. 자기를 풀어주면 취리히에 있는 가족이 틀림없이 돈을 보내줄 거라는 게 그녀의 말이었다. 지나가는 개도 믿지 않을 얄량한 속임수였다. 울보 계집은 "제발 우릴 풀어주세요, 아무한테도 말 안 할게요, 정말 아무 말도 안 할 거예요" 하고 맹세했다. 프랭크는 울보년의 말을 들으면서 고개를 설레설레 흔들었다. 이 계집년들은 풀어주는 즉시 경찰서로 달려가 미주알고주알 전부 불어버릴 게 뻔했다. 그의 인상착의를 알리고, 르노4의 생김새를 묘사하고, 자동차 번호판을 알려주고, 깜둥이년에게 일어난 일을 일러바칠 것이다. 하지만 다른 금발머리는 프랭크가 지금 무슨 생각을 하고 있는지 훤히 꿰뚫어보고 있었다. 그 계집은 울보년보다 훨씬 똑똑했다. 그 금발머리는 질질 짜고 있는 울보의 입을 다물게 했다. 그녀는 한 마디도 하지 않았고 신음 소리 한 번 내지 않았다. 너무 조용해서 오히려 불안할 정도의 침묵. 조마조마한 수족관 속의 침묵. 프랭크는 룸미러로 그녀를 살펴보았다. 엄청난 미인이었다. 에라스무스 프로그램을 통해 프랑스로 로망어를 연구하러 온 독일 여대생 같은 부류의 여자였다. 독일놈들은 프랑스 문화라면 환장을 하지. 프랭크는 자부심을 느꼈다.

　그들은 도심을 벗어났다. 하지만 바로 시골 들판이 펼쳐지지는 않았다. 거대한 건물들이 몇 킬로미터 단위로 계속 이어지고 있었다. 오샹, 카르푸르, 데카틀롱, 라 알 신발매장, 라 푸아푸유 같은 대형 매장들 사이사이에 이따금 아파트 건물들이 보였다. 앞쪽에 르노5 GT 터보 서너 대가 서 있는, 금방이라도 허물어질 듯한 낡은 아파트들. 유리섬유 파이프 공장. 시골 들판과는 거리가 먼 곳이었다. 여기서도 별은 보이지 않았다. 날은 점점 더 어두워졌고, 프랭크는 피로를 느끼기 시작했다. 그는 원예용품 도매상의 텅 빈 주차장에 차를 세웠다. "으애앵! 으애애앵!" 차 뒤에서 또다시 금발머리의 지긋지긋한 앵앵대는 소리가 들려왔다. 그는 차에서 내려 차 주위를 한 바퀴 빙 돈 다음, 트렁크 쪽으로 갔다. 울보 계집은 땀을 비 오듯 흘리고 있었다. 천장에 달린 실내등이 비추는 트렁크 안은 너무도 아름답게 빛났다. 그는 울보년의 엉덩이를 물어뜯었다. 바닐라와 호두 맛이 났다. 샘물의 맛, 복숭아와 캐러멜의 맛, 불타오르는 숲의 맛이었다. 이윽고 그는 잠이 들었다.

한두 시간 정도 자는 둥 마는 둥 눈을 붙이고 있던 프랭크는 도로를 쉴 새 없이 지나는 찻소리 때문에 소스라쳐 눈을 떴다. 어마어마하게 큰 화물을 실은 대형 트럭이 헤드라이트를 번쩍이며 주차장 쪽으로 다가오고 있었다. 프랭크는 차에서 내려 트렁크에 묶여 있는 금발머리들을 힐끗 보았다. 다들 깨어 있었다. 재수 없이 그물에 걸려 갑판 위로 끌려올라와, 이제 모든 게 곧 끝장나리라는 것을 깨달은 바다거북이 같은 눈으로 그를 쳐다보고 있었다. 그는 여자들에게 말했다. "눈 감아! 안 그러면 다 죽여버리겠어!" 그리고 화물 트럭 쪽으로 천천히 다가갔다. 길을 잃고 헤매다가 잠시 눈을 붙이기 위해 우연히 이곳을 찾은 얼간이처럼 연기하는 수밖에 없었다. 안 그랬다간 쓸데없이 눈길을 끌게 될지도 모르고, 그렇게 되면 그의 차를 수상쩍게 여긴 트럭 운전수가 트렁크 안을 보자고 할 수도 있었다. 트럭 운전석에 앉은 까무잡잡하고 왜소한 사내가 프랭크가 다가오는 걸 보고 창을 내렸다. 프랭크는 그에게 미소를 건넸다. "네덜란드로 가는 도로가 어느 겁니까? 벌써 몇 시간째 맴돌고 있거든요……"

트럭 운전수가 고개를 저으며 말했다. "노 로 소. 아블라 에스파뇰?(못 알아듣겠는데, 혹시 스페인어 할 줄 아세요?)"

프랭크가 대답했다. "아, 됐습니다, 제가 찾아보죠."

그는 트럭 운전수에게 우호적인 손짓을 보내고는 르노4로 돌아왔다. 그는 트렁크 쪽을 힐끗 보았다. 두 여자는 꼼짝도 하지 않고 있었다. 이 여자들에 대해 권한을 가지고 있는 건 오직 나뿐이다. 따라서 그녀들이 자기 외에는 누구에게도 복종하지 않을 거라는 생각에 왠지 뿌듯하고 자랑스럽기까지 했다. 그는 차에 올라타 시동을 걸었다.

날이 밝아올 무렵, 프랭크는 자기 집 앞에 도착했다. 완전히 기진맥진한 상태였다. 하지만 트렁크의 여자들과 좀더 재미를 보고 싶었다. 달과 별들은 사라졌다. 대신 낮게 드리운 잿빛 하늘이 지붕 위를 스치듯 지나가고 있었다. 그날 밤 내내 그를 사로잡았던 영원과 무한에 대한 생각들은 이제 사라지고 없었다. 세상은 축소되었고, 그와 더불어 그의 감정들도 오그라들었다. 엄마가 집 앞에 내놓은 쓰레기통이 보였다. 허기 때문에 헛구역질이 목구멍을 죄어왔다. 그는 차 뒤로 갔다. 그가 물어뜯었던 울보년의 엉덩이는 시퍼렇게 멍들어 부풀어올라 있었다. 용감한 계집이 희미하게 미소 띤 얼굴로 그를 보았다. 왠지 짜증이 밀려왔다. "그런 식으로 웃지 마!" 하지만 그녀는 계속 미소를 짓고 있었다. 그는 다시 말했다. "당장 집어치워!" 하지만 미소는 사라지지 않았다. "제일 먼저 물어뜯어줄 년은 바로 너야, 알아?" 금발머리는 그의 위협에도 눈 하나 깜짝 하지 않았다. 그녀의 눈 속에는 소름끼치는 도전의 빛이 서려 있었다. 〈엑소시스트〉에서 신부에게 "네 에미는 지옥에서 악마의 물건을 빨고 있어!"라고 외치던 바로 그 어린 계집아이의 눈빛. 프랭크는 떨기 시작했다. 계집은 악의 화신이었다. 아니 그보다 더 끔찍하고 무서운 존재였다. 울보 계집은 불안한 시선으로 제 친구를 쳐다보았다. "제기랄!" 프랭크는 트렁크에서 나오면서 다시 소리쳤다. "제기랄!" 차가 마치 독을 품은 벌레처럼 보였다. 그는 집 안으로 들어갔다. 엄마는 텔레비전을 보고 있었다. 피겨스케이팅 중계방송이었다. "이 러시아 커플은 지난해 8강전에 출전한 낯익은 얼굴입니다. 그때도 연속동작을 정말 멋지게 해냈죠. 하지만 올해는 점프와 회전동작을 비롯해 난이도가 훨씬 더 높아졌군요. 특히 프리스케이팅 부문에서……"

프랭크는 손을 떨고 있었다. 갑자기, 그는 알아차렸다. 자신이 이 세상에서 좋아하는 게 아무것도 없다는 사실을. 직장도, 집도, 불쌍한 엄마도, 텔레비전도, 자신의 낯짝도, 입고 있는 옷도, 말투도, 그 어떤 것도. 빌어먹을. 최악이었다. 그는 빌어먹을 인간의 탈을 쓰고 태어났다. 너절한 쓰레기 같은 인간의 탈을. 그리고 아등바등 구질구질하게 살다가 마흔도 넘기기 전에 암에 걸려 죽을 것이다. 그는 지하실로 달려가 휘발유 통과 얼룩을 지울 때 쓰는 오래된 솔벤트 병, 그리고 타이어 휠을 닦을 때 쓰는 삼염화에틸렌 통을 집어들었다. 그리고 집 밖으로 나왔다. 차는 집 바로 앞에 있었다. 조금만 방심해도 그의 얼굴로 달려들 저 빌어먹을 사악한 계집년들을 실은 채로. 그는 마음을 단단히 먹고 트렁크 문을 열었다. 울보는 여전히 훌쩍거리면서 제 친구만 보고 있었다. 계집의 엉덩이에 시퍼렇게 든 멍이 꼭 물고기의 커다란 눈처럼 보였다. 용감한 계집은 여전히 미소를 띤 채 프랭크를 노려보았다. 지옥에서 방금 뛰쳐나온 악령에 씐 미친년 같은 표정으로. 프랭크는 휘발유와 솔벤트와 삼염화에틸렌이 잘 섞이도록 흔들었다. 고약한 냄새가 풍겼다. 유럽 안전법규 따위는 신경도 쓰지 않는 섬유공장에서 풍길 법한 냄새였다. 그는 성냥을 그어 트렁크 속에 던졌다. 이야! 노란 불꽃이 널름거리며 그의 얼굴을 핥았다. 불길은 화르륵 타올랐다. 그는 뒤로 물러섰다. 뿜어져나온 열기 때문에 차 앞 유리창이 터졌다. 콰쾅! 그 빌어먹을 것이, 그놈의 차체가 한바탕 시원하게 샤워를 하듯 홀랑 타버리는 꼴을 보니 기분이 아주 좋아졌다. 엄마가 그에게 출근하기 전에 뭘 좀 먹지 않겠느냐고 물었다. 그는 그러겠다고 대답하고는 재빨리 옷을 갈아입었다. 서둘러야 했다. 이틀이나 연속으로 지각하고 싶지는 않았다.

프롤로그

눈곱만큼도 관심을 보이지 않는 사람들을 상대로 의료품을 팔기 위해 하루에 열 시간씩 차를 몰고 이리저리 돌아다니며 개처럼 일하는 사내가 여자를 만난다는 것. 그것은 금성을 정복해 식민지로 만들려는 나사 프로젝트에 스카우트되는 것만큼이나 가능성 없는 일이었다. 서른번째 생일을 넘긴 사내가 여자를 만나려면 다음과 같은 조건들이 필요하다(운전해가노라면 눈앞에 연이어 나타나는 작은 묘비나 다름없는 도로 표지판들을 멍청히 바라보면서 그가 읊어대는 행동 수칙이기도 하다).

— 바캉스 클럽에 가입해 단체여행을 떠나고, 거기서 유머 감각이 풍부한 남자처럼 보일 것.

— 스포츠클럽에 등록하고, 거기서 유머 감각이 풍부한 남자처럼 보일 것.

— '여성 고객과 접촉할 기회가 많은' 직업을 최우선으로 선택하고, 거기서 유머 감각이 풍부한 남자처럼 보일 것.

— 남아도는 여자나 처치 곤란한 여자를 친구에게 넘겨줄 정도로 여자관계가 복잡하거나 여자를 많이 아는 친구들과 친하게 지낼 것. 그리고 여자를 소개받으면 무조건 유머 감각이 풍부한 남자처럼 보일 것.

하지만 우선, 앙리는 바캉스를 떠날 여유가 없었다. 스포츠클럽에 다닐 시간도 없었다. 게다가 그는 자신을 채변봉투 속에 든 똥보다도 더 하찮게 여기는 의사들만 쫓아다녔다. 그리고 마지막으로, 그에게는 친구가 없었다('여자와의 만남'에서 자기만큼이나 폭탄 신세를 면치 못하는 직장 동료 장 뤼크, 장 마르크, 장미셸 빼고는). 어쨌든 설령 그가 앞서 말한 네 가지 조건 중 하나 또는 여러 개에 해당된다 해도, 결정적으로 그는 결코 유머 감각이 풍부한 남자가 못 되었다. 아니, 그와는 거리가 멀어도 한참 멀었다. 그는 무미건조하고 따분한 인간이었다. 끝 없는 단화에 흰 양말을 신고 다니는 남자, 라디오는 항상 RTL*만 줄기차게 듣고(NRJ나 BFM**, 〈프랑스 뮤직〉 같은 건 절대 듣지 않고, 게다가 RTL 프로그램 중에서도 그 유명한 〈그로스 테트〉*** 같은 건 절대로, 절대로 듣지 않고), 회음부 통증, 만성 피로, 일기예보, 자동차, 정치, 생활비 때문에 툭하면 끙끙 앓는 소리를 내는 남자, 드라카 누아르 애프터셰이브를 향수처럼 바르는 남자, 그 외에도 오만 가지 사소한 것들이 한 방울 한 방울 서글픈 회색으로 모여 마치 가을 소나기처럼 한 차례 퍼붓고 지나간 후 어느 북부 도시의 인도에 고인 물웅덩이 같은 이 사내. 과연 그에게 어떤 여자가 관심을 가질까.

　사랑의 부재는 참기 힘들었다.

　고속도로 휴게소에서 눅눅해진 샌드위치를 목구멍 속에 꾸역꾸역 밀어넣을 때면 갑자기 누군가에게 전화를 걸어 "아무 문제

---

* 프랑스의 대표적인 민영 FM 라디오 채널.
** NRJ는 음악 전문 방송이고, BFM은 벨기에-발론 프랑스어권에 방송되는 뉴스 전문 방송이다.
*** 매일 오후 네시부터 여섯시까지 방송되는 유명 프로그램으로, 저명인사들을 초대하여 위트 넘치는 대화로 청취자들에게 웃음을 선사한다.

없다"고, "한 시간 후면" 도착할 거라고, 지금 자기는 "녹초가 되었다"고 수다를 떨고 싶은 욕구를 느꼈다. 아침마다 잠에서 깨어날 때면 눈물이 찔끔거리도록 시큼한 산성 용액이 가슴 바로 위에 한 방울 떨어진 것 같은 느낌이 드는 건 물론이었다. 하지만 저녁에는 훨씬 더 괴로웠다. 저녁마다 냉동 무사카*가 전자레인지의 둥근 판에 얹혀 빙글빙글 돌아가는 것을 지켜보고 서 있노라면, 이렇게 사는 건 벌레나 다름없다는 생각이 들었다. 땅바닥에 들러붙어 이리저리 헤매면서 일만 하고, 목구멍에 똥을 밀어넣고, 아무도 지나가지 않는 흙길 가의 플라타너스 낙엽 아래 혼자 죽어가는 벌레…… 그렇게 벌레, 일, 똥, 죽음 같은 것들을 생각하면서 그는 울기 시작했다. 우울증에 걸린 노처녀의 오열. 하지만 노처녀는 이런 식으로 느닷없이 울음이 터져나올까 두려워하지 않는다. 그녀에게 눈물은 칫솔질이나 다름없으니까. 일상적인 시련일 뿐이니까. 그리고 언젠가는 그런 증상이 사라질 날이 올 거라는 믿음을 가지고 있으니까.

앙리의 삶은 그 지경까지 와 있었다. 물웅덩이, 벌레, 매일 아침저녁으로 그를 덮치려 호시탐탐 기회를 엿보는 덩어리진 우울. 바로 그때, 무료 신문에 끼워진 전단지에 그의 시선이 꽂혔

---

* 가지, 고기, 계란가루, 토마토를 섞어 구운 발칸 반도의 전통요리.

다. "여자친구를 찾고 계십니까? 자연스럽고 순수한 교제를 원하시는 분들만 연락바랍니다(성적인 접촉이나 매춘이 아님)." 정말이지 이상야릇한 광고였다. 대체 무슨 뜻이지? 특히 그 마지막 문구, "성적인 접촉이나 매춘이 아님". 광고는 마치 척수에 단단히 붙여놓은 포스트잇처럼 하루 종일 앙리의 머릿속을 맴돌았다. 집으로 돌아온 후에도 그는 의식 끄트머리에 집요하게 들러붙어 떨어질 줄 모르는 "성적인 접촉이나 매춘이 아님"이라는 문구와 함께 잠이 들었다. 문구는 꿈속에까지 나타났다. 그 단어들은 실크 란제리를 걸친 채 벽난로 위에 누워 가랑이를 벌리고 있었다.

잠에서 깨어났을 때, 앙리는 전단지에 적힌 전화번호로 전화를 걸었다.

1.

전화를 받은 사람은 남자였다. 남자는 앙리에게 주소를 알려 주었다. 그곳은 탁 트인 평원이었다. 지방도로를 반시간 넘게 달리다가 가설 공사현장이 있는 사거리에서 놓치지 않고 제대로 꺾은 다음, 거기서 이삼백 미터쯤 직진하다가 플라스틱 쓰레기통이 늘어선 길로 접어들어야 했다. 앙리는 남자가 일러준 대로 충실하게 따랐고, 마침내 풀밭 한가운데 서 있는 헛간 비슷한 건물 앞에 다다랐다. 한입 가득 풀을 우물거리고 있던 살찐 암소들이 호기심 어린 눈을 꿈벅이며 그를 보았다. 수술가운을 입은 남자가 헛간 옆 건물에서 나와 앙리에게 다가왔다.

"어제 전화하신 분이죠?"

수술가운을 입은 남자는 여러 날 동안 한숨도 자지 못한 듯 완전히 탈진한 모습이었다. 그에게서는 커피 냄새와 땀냄새가 났고, 입고 있는 가운은 다양한 얼룩으로 뒤덮여 있었다. 기름, 계란, 피, 어쩌면 똥도 약간. 앙리는 갑자기 여자친구에 관한 전단지가 왠지 수상쩍다는 생각이 들었다. 그는 사이비 종교집단이나 난교파티 클럽의 음모에 말려든 게 아니기를 간절히 기도하기 시작했다.

그는 가운 입은 남자를 따라 사무실로 들어갔다. 젊은 여자가 약간 슬픈 표정으로 그들을 기다리고 있었다. 그녀는 유행이 한참 지난 투피스를 입고 있었다. 견장이 달린 꽃무늬 투피스가 촌스럽긴 했지만, 얼굴은 정말 예뻤다. 너무, 너무 예뻤다. 완벽한 조화를 이루는 이목구비, 찰랑거리는 긴 갈색머리칼. 앙리는 미소를 지으면서 그녀에게 인사를 건넸다.

"대답하지 않을 겁니다." 남자가 말했다. 앙리가 의아한 표정을 짓자, 그는 이렇게 덧붙였다. "이건 암소니까요."

2.

집으로 돌아오는 동안 앙리는 수술가운을 입은 남자가 한 이야기를 차근차근 되새겨보았다. 그 연구에 착수하기 전까지, 남자는 농학자였다. 생물공학 관련 기술이 각광을 받기 시작하면서 그 역시 다른 많은 학자들처럼 유전자 암호조작과 염색체 분리에 뛰어들었다. 그런데 연구가 진척되면서 그의 야심도 조금씩 커져갔다. 그는 클론 추출과 포유류의 유전자 변형 연구에 매달렸다. 쥐, 고양이, 개, 그리고 마침내 암소. 더 많은 고기, 더 많은 우유…… 하지만 그런 것들이 점차 지겨워졌다. 그러다가 불현듯 짐승들의 겉모습을 완전히 변형시키면 어떨까 하는 생각을 하게 되었다. 그는 진지하게 오랫동안 숙고했다. 그리고 아주 획기적이고 매력적인, '엄청난 경제적 이윤을 창출할 게 분명한' 결론을 도출했으니, 그것은 짐승들의 겉모습을 젊고 아름다운 여자로 탈바꿈시키는 것이었다(그는 이 연구가 완성되면 고객들이 카탈로그를 보고 원하는 스타일을 마음대로 고를 수 있을 뿐 아니라 주문생산도 가능하다고 덧붙였다). 이 프로젝트는 축산전문가들의 폭발적인 관심을 불러일으킬 뿐 아니라(사실 그들은 방목장에서 늘 똑같은 모습의 암소를 보는 데 진력이 나 있다. 그러니 암소들의 외양을 젊고 아름다운 여자로 바꾼다면 얼마나 근사하겠는가. 일석이조, 아니 일석삼조일 것이다. 양질의 우유와 맛있는 고기를 얻을 뿐 아니라, 보기에도 좋을 테니까!) 아마추어들 역시 비상한 관심을 보일 것이다(외로운 독신자들, 여자를 여럿 거느리고 싶어하는 남자들, 다양한 부류의 여자들을 사귀고 싶어하는 바람둥이들……).

현재는 프로토타입이 하나뿐이었다. 그래서 남자는 프로젝트 창시자로서 최초의 실험을 순조롭게 진행시키기가 쉽지 않았다. "이해하시겠습니까?" 남자가 말했다. "저는 이 암소가 어떤 수소와 암소에게서 태어났는지 알고 있습니다. 다시 말해 이 여자의 아버지와 어머니를 알고 있다는 겁니다. 저는 이 여자가 암소라는 사실을 한시도 잊을 수가 없습니다. 이 여자의 염색체 서열을 속속들이 알고 있으니까요. 그래서 지금 눈앞에 보이는 이여자의 모습을 자연스럽게 받아들이기가 어렵습니다. 하지만 당신은 그런 측면에서 대단히 순수합니다. 당신에게는 이 암소가 어쨌든 젊은 여자로 보일 테니까요. 제게 필요한 건 바로 그겁니다. 이 여자와 함께 살면서 모든 게 순조롭게 진행되는지 지켜보고 확인해줄 사람이 지금 이 단계에서 절실하게 필요한 거죠. 제가 당신에게 원하는 건, 석 달 동안 이 여자를 데리고 있다가 돌려달라는 것뿐입니다. 어떻습니까? 동의하시겠습니까?"

앙리는 예쁜 여자를 한 번 보고는 고개를 떨구었다. 그리고 동의한다고 대답했다. 수술가운을 입은 남자는 만족스러운 표정을 지었다. 그는 앙리의 차가 주차되어 있는 곳까지 따라나왔다. 그리고 여자가 뒷좌석에 순순히 앉으려 하지 않자 가차 없이 그녀의 뺨을 후려갈겼다.

"너그럽게 대해줄 필요는 없습니다." 수술가운을 입은 남자가 말했다. "이건 암소니까요."

집으로 돌아온 앙리는 회사에 전화를 걸어 그동안 사용하지 않아 쌓여 있는 연차휴가를 쓰겠다고 말했다. 앙리는 안락의자와 텔레비전 사이를 서성이는 여자를 물끄러미 바라보았다. 그녀는 정말로 너무, 너무 예뻤다. 그의 아파트에 그처럼 예쁜 여자가 발을 들여놓은 적은 여태까지 한 번도 없었다. 그는 그녀에게 다가가 머리칼을 쓰다듬어주려고 손을 뻗었다. 그러자 그녀는 움찔하면서 물러섰다. 수술가운을 입은 남자가 꽤나 자주 손찌검을 했던 게 분명했다.

3.

그가 머리칼을 쓰다듬어주려 하자 여자는 겁에 질려 물러섰다. 그리고 지금 그녀는 거실 한구석에서 두려움 가득한 눈길로 앙리를 쳐다보고 있었다.

"괜찮아, 괜찮아, 때리려는 게 아니야." 그는 그녀 쪽으로 손을 내밀면서 말했다. 하지만 나이 많은 오빠가 어린 여동생을 달래듯 아무리 부드럽고 다정하게 말해도 그녀의 태도는 전혀 달라지지 않았다. 여자는 몸을 떨면서 신음 소리를 내고는 벽에 머리를 바싹 갖다붙였다. 앙리는 좋은 생각이 떠올랐다. 그는 부엌으로 가서 각설탕 하나를 들고 왔다. 그리고 손바닥에 각설탕을 올려놓고 아주 느린 동작으로 그녀에게 조용히 다가갔다. 앙리가 말했다. "자, 착하지…… 이리 와, 내가 얼마나 다정한지 보렴."

여자는 또다시 신음소리를 냈다. 하지만 이번에는 영문을 모르겠다는 의미였다. 그리고 곧 코를 킁킁거리며 탐욕스럽게 냄새를 맡았다. 그녀는 앙리를 한 번 보고 나서 자기 얼굴에서 불과 몇 센티미터밖에 떨어지지 않은 곳에 놓인 각설탕을 한 번 보았다. 그러고는 마침내 몸을 숙이고 고개를 앞으로 내밀어 입술로 각설탕을 물었다. 앙리는 그녀가 각설탕을 와작와작 씹어먹는 모습을 지켜보았다. 보면 볼수록 아름다웠다. 그의 손바닥에 닿은 그녀의 입술은 놀랄 만큼 부드럽고 따뜻해서 살갗에 찌릿찌릿 소름이 돋을 지경이었다.

그가 말했다.

"맛있지, 응? 너, 설탕을 아주 좋아하는구나."

여자는 좀더 가까이 다가와 앙리의 빈손을 보았다. 그가 물었다.

"더 먹고 싶어?"

그리고 부엌으로 다시 가서 각설탕을 한주먹 가지고 돌아왔다. 그녀는 거실 한가운데 우두커니 서 있다가 그가 손에 들고 오는 게 뭔지 알아보고는 흥분해서 몸을 마구 비틀어댔다. 그가 소파에 앉으며 말했다.

"자, 이리 와서 앉아, 어서. 너에게 줄 설탕을 이렇게 많이 갖고 왔으니까."

여자가 다가와 그의 곁에 앉았다. 그는 다시 설탕 한 조각을 내밀었고, 그녀는 다시 한번 몸을 숙여 그걸 입으로 물었다. 그는 생각했다. "정말 멋진 입술이야, 정말 굉장해!"

여자는 침을 흘리면서 설탕을 먹었다. 꼿꼿이 앉아 벽을 응시하면서. 앙리는 그녀의 머리칼을 쓰다듬으려고 손을 내밀었다. 그러자 여자는 잠시 그를 쳐다보고는 다시 벽에 시선을 고정했다.

"정말 아름다운 머릿결이야!"

앙리가 신음하듯 중얼거렸다. 여자는 화장품 광고에 출연해도 될 정도로 아름다웠다. 앙리는 그녀의 얼굴과 목을 어루만지고는 또다시 각설탕 하나를 내밀었다. 그러고는 그녀의 가슴으로 손을 가져갔다. 그리고 그다음에는 엉덩이로…… 그녀에게 이름을 지어주면 더 편할 것 같았다. 그는 카트린이나 나타샤 같은 이름을 떠올렸다. 아니, 좀더 섹시하게 미국식 이름은 어떨까? 섀런, 케이트, 비벌리. 하지만 그녀에게는 그런 이름들이 어울리지 않는다는 생각이 들었다. 더 귀엽고 순수한 느낌이 드는 이름이 필요했다. 그는 마갈리라는 이름을 생각해냈다. 마갈리, 아주 멋진 이름이다. 마갈리, 그래, 바로 이거야!

그는 말했다.

"넌 정말 아름다워, 마갈리, 너는 그러니까…… 꽃처럼 아름다워."

여자를 식물에 비유하다니 말주변도 더럽게 없군, 그의 머릿속에 언뜻 그런 생각이 스쳤다. 하지만 그는 곧 자기가 말하고 있는 대상이 암소임을 기억해냈다. 몸매가 아주 근사한 암소. 하지만 암소는 암소다. 그렇게 생각하자 마음이 한결 홀가분해졌다. 마갈리가 몇 개째인지 모를 각설탕을 정신없이 씹어먹는 동안, 앙리는 그녀 앞에 무릎을 꿇고 앉아 그녀가 입은 구식 꽃무늬 투피스의 단추를 풀려고 했다. 하지만 쉽지 않았다. 그녀는 그를 전혀 도우려 하지 않았다. 하지만 그는 마침내 해냈다.

수술가운을 입은 남자는 그녀에게 삼십 년 전쯤에나 '섹시한 앙상블'로 여겨졌을 법한 옷을 입혀놓았다. 검은 레이스 장식 때문에 벗기기가 아주 힘들었다. 하지만 마침내 마갈리는 완전히 나체가 되어 소파에 앉았다. 눈부시도록 아름다운 여자가 자기 집 거실에 앉아 있다는 사실 덕분에 앙리는 정맥에 염산 주사를 맞은 것 같은 느낌이었다. 고통스럽기까지 한 열기가 온몸을 사정없이 휘감았다. 그는 마갈리의 손을 잡고 침실로 데려가려 했다. 하지만 암소로서의 어떤 본능 때문인지, 그녀는 순순히 가려하지 않았다. 앙리는 그 자신도 생전 처음 들어보는 낯선 목소리로 말했다.

"자, 이리 와. 자, 이리로……"

마갈리는 소파 위에서 고집스럽게 몸을 웅크렸다. 앙리는 틀어놓은 수도꼭지처럼 머릿속에 욕구불만이 콸콸 쏟아지는 게 느껴졌다. 암소에게 너그럽게 대하지 말라던 남자의 말이 떠올랐다. 앙리는 마갈리의 뺨을 때렸다. 그녀는 외마디 비명을 지르고는 소파 깊숙이 파고들었다. 그 모습을 본 앙리는 후회의 감정이 밀려들면서 마음이 아팠다. 빌어먹을! 사람을 때리다니, 그것도 여자를. 그답지 않은 행동이었다. 그는 그녀 쪽으로 몸을 숙였다.

"용서해줘. 때리고 싶어서 때린 게 아니야."

앙리는 그녀의 머리와 목을 껴안았다. 그의 손이 그녀의 가슴을 어루만지고, 이어서 그녀의 배를 쓰다듬었다. 너무도 황홀했다. 그는 반사적으로 각설탕 하나를 다시 내밀었다. 하지만 그녀는 받아먹으려 하지 않았다. 앙리는 바지 앞섶을 열고 자신의 물건을 꺼냈다. 마갈리가 저항할지 어쩔지는 알 수 없었다. 그래서 그는 그녀가 버둥거리지 못하게 팔꿈치로 몸을 짓누르며 애원하듯 말했다. "제발, 제발……"

오후가 끝날 무렵이었다. 거리에는 차량과 인파가 점점 더 늘어가고 있었다. 사람들이 밀려드는 둔탁한 소음이 아파트를 가득 채우고 있었다. 앙리는 몸을 일으킨 후 마갈리를 내려다보고는 설탕 한 조각을 주었다. 그녀는 그걸 받아먹었다. 기분이 더러웠다. 이제 막 나치의 실체를 깨달은 SS친위대 대위라도 된 듯한 기분이었다. 그가 물었다.

"샤워하고 싶어?"

마갈리는 대답하지 않았다. 그녀는 소파에서 내려와 거실바닥이 흥건해지도록 오랫동안 오줌을 누고는, 구석 자리로 돌아가 한동안 벽에 기대어 있더니 그대로 잠이 들었다.

4.

여러 날이 흘렀다. 이제 다시 회사에 출근해야 할 날이었다. 여자, 그러니까 암소, 다시 말해 마갈리의 존재에 좀처럼 익숙해질 수가 없었다. 소파 사건이 있고 난 후 죄책감, 수치심, 욕망과 뒤섞인 이상한 거북함이 가슴 한가운데 움푹 팬 길고 좁은 회랑 속에 자리 잡았다. 이젠 그녀를 건드릴 엄두가 나지 않았다. 그래서 그는 어색하게 거리를 두면서 다정하게 말을 건넸다. 자기가 그런 식으로 대하면 암소의 두려움도 가라앉을 것 같았다. 그는 매일 저녁 정성껏 목욕시켜주는 등 그녀를 세심하게 돌봐주었다(처음 얼마간 그녀는 경계심을 풀지 않았다. 하지만 며칠이 지나자 목욕하는 것을 아주 좋아하게 되었고, 급기야 목욕이 끝났는데도 물에서 나올 생각을 하지 않아 각설탕으로 꾀어 간신히 데리고 나와야 할 정도였다). 아무 데나 시도 때도 없이 똥오줌을 갈겨댔기 때문에 그는 그녀를 발가벗겨놓았다. 날씨가 너무 춥다 싶으면 운동복 상의만 입혔다. 아침마다 그는 그녀를 부엌으로 데려갔다. 부엌 바닥 전체에 신문지를 깔고, 한쪽 구석에 사료가 가득 든 커다란 녹색 양동이를 놓아두었다. 집으로 돌아오면 그는 큰소리로 "나야! 나 왔어!" 하고 외치면서 부엌문을 열었다. 마갈리는 그곳에서 잠들어 있거나 되새김질을 하고 있었다. 오물로 더러워진 신문지를 걷어내 쓰레기봉투에 담고 부엌 바닥을 청소하는 동안, 앙리는 그녀가 아파트 안을 돌아다니며 운동을 할 수 있게 했다. 청소를 끝마칠 때쯤이면 그녀는 습관적으로 욕실로 가서 그를 기다리고 있었다. 그는 욕조에 들어가 있는 그녀의 몸에 물을 끼얹어주면서 그날 일어난 일들을 들려주었다. 그러고 나서 그녀의 머리를 감기고 블랙 커런트 향 샤워젤로 정성껏 몸을 씻겨주었다. 그걸로 목욕을 시키면 그녀의 피부가 더 부드러워질 것 같아서였다. 그는 라디에이터에 걸어두어 따뜻해진 커다란 타월로 그녀의 몸을 닦아주고, 이도 꼼꼼하게 칫솔질해주고, 마지막으로 수분크림을 발라주었다. 그러고 나서는 텔레비전 뉴스를 보고 이어서 방송되는 영화를 한 편 보았다. 그동안 마갈리는 거실을 왔다갔다 서성이거나 창 너머에서 일어나는 일들을 무표정하게 바라보다가 부엌 싱크대로 가서 수도꼭지에 입을 대고 물을 마셨다. 앙리는 자기가 앉아 있는 소파로 그녀가 와서 앉기를, 조금은 달아오른 몸으로 곁에 와주기를 기대했다. 하지만 그녀는 전혀 그럴 생각이 없는 것 같았다.

매일같이 마갈리의 벌거벗은 육체를 바라보면서 앙리의 욕망은 걷잡을 수 없이 불타올랐고, 채울 수 없는 욕망으로 인해 생겨난 슬픔은 날이 갈수록 그의 우주 깊숙이 침투해 암처럼 퍼져갔다. 시간이 흘렀다. 이제 그는 좀더 대담해져서 거리낌 없이 마갈리의 몸을 어루만졌고, 그 손길은 특히 그녀의 가슴이나 엉덩이에 더욱 오래 머물렀다. 암소에 관한 전문서적도 몇 권 주문해 읽었다. 하지만 암소의 심리적인 측면을 다루는 책은 단 한 권도 찾아볼 수 없었다. 어쩌면 암소에게는 지성이나 의식이나 심리 따위가 전무한 건지도 모른다. 앙리는 마갈리를 자신의 알몸에 익숙해지게 하려고 노력했다. 그래서 집에 있을 때는 아예 발가벗은 채로 지내기 시작했고, 기회가 생길 때마다 마갈리와 몸을 스쳤다. 그런 가벼운 신체접촉을 통해 그녀에게 인간과 비슷한 욕구가 생겨나기를 기대하면서. 하지만 아무 일도 일어나지 않았다. 엄청난 욕구불만과 실망이 그의 몸과 마음을 짓눌렀다. 그렇지만 앙리는 지난번 소파에서처럼 또다시 암소를 강간해 욕구를 채우고 싶지는 않았다. 간혹 그녀를 다정하고 부드럽게 침실까지 유인해 침대 위에 앉히는 데 성공하기도 했다. 그럴때면 그는 오랫동안 그녀의 등을 쓰다듬어주면서, 그녀의 부드러운 피부나 아름다운 목선과 어깨선을 칭찬해주었다. 어쩌면 그녀가 그런 말과 손길에 기분이 좋아져 마침내 욕구를 느낄지도 모른다고 기대하면서. 하지만 그런 가벼운 스침, 마사지, 칭찬, 그 어떤 것에도 마갈리는 무관심하기만 했다.

궁여지책으로 앙리는 그녀와 함께 욕조에 들어가 목욕하려고까지 해보았다. 그러나 그것마저 실패했고, 그가 십 분 동안 정성들여 준비한 물은 차갑게 식어버리고 말았다. 그가 말했다.

"이제 더는 못 참겠어, 너 때문에 미쳐버리고 말 거야!"

그는 지쳤다. 다정하게 구는 데 지치고, 부드럽게 말하는 데지쳤다. 그는 다시 말했다.

"난 널 지극정성으로 돌봐주고 있어. 그런데 그 대가로 내가얻는 게 뭐지?"

욕조 안에서 그녀와 일 분만 더 같이 있다가는 감정이 걷잡아질 수 없을 것 같았다. 그래서 그는 욕조 속에 그녀를 내버려둔 채 욕실에서 나와버렸다. 이도 닦아주지 않고, 수분크림을 발라주지도 않은 채. 그는 침대에 누웠다. 잠이 오지 않았다. 그는 화가 나 있었다.

그다음 날 그는 욕실 바닥에 잠들어 있는 여자를 발견했다. 그걸 보자 다시 짜증이 밀려왔다. 그는 그녀를 부엌으로 떼밀면서 말했다.

"저리 가, 어서 안으로 들어가란 말이야!"

그는 부엌에 그녀를 가두고 일을 하러 나갔다. 저녁에 집으로 돌아온 그는 그녀가 부엌에서 나와 집 안을 한 바퀴 돌아다닐 수 있도록 부엌문을 열어주었다. 하지만 다정하게 대해주고 싶지는 않았다. 솔직히 기분이 나빴고, 그래서 싫은 표정을 지었다. 하지만 이게 다 누구 잘못인가? 마갈리는 습관처럼 거실을 한 바퀴 돈 뒤 욕실로 갔다. 하지만 그는 그녀를 목욕시켜주고 싶은 마음이 나지 않았다. 그녀를 보기조차 싫었다. 아니, 그녀를 봐도 이젠 아무런 감흥도 일지 않았다. 그가 말했다.

"뭐야? 거기 우두커니 서서 뭘 기대하고 있는 거야?"

그러고는 그녀를 부엌으로 쫓아보냈다.

그는 심술궂게 변해갔다. 그의 집에 있는 여자는 그의 신경을 극도로 거스르고 있었다. 그는 이제 그녀를 거의 돌보지 않았다. 사료, 물, 신문지만 제공할 뿐이었다. 가운 입은 남자에게 한두

번 전화를 걸어 계약 날짜보다 일찍 여자를 돌려보내면 안 되겠느냐고 물어보기도 했다. 하지만 그때마다 남자는 예정대로 석달은 채워야 제대로 된 실험결과를 얻을 수 있다고 대답했다. 앙리는 그 말에 따를 수밖에 없었다. 그는 숨을 몰아쉬었다. 계약 기간까지는 아직 한 달이나 남아 있었다.

5.

몇 주가 흘렀다. 그 몇 주는 앙리의 우울하고 서글픈 인생 중에서도 가장 우울하고 서글픈 나날이었다. 그는 마갈리에 대한 모든 희망을 버렸다. 그리고 사랑에 관한 희망 역시 거의 포기했다. 해는 점점 더 짧아졌고, 날은 점점 더 추워지고 있었다. 겨울이었다. 게다가 크리스마스는 또다른 시련이었다. 코를 킁킁거리며 사료를 찾는 암소와 단둘이 집 안에 틀어박혀 크리스마스를 보내야 하다니. 그는 술을 마셨다. 그리고 머리가 지끈거려 잠에서 깨어났다. 그는 또다시 여자를 부엌으로 내쫓았다. "너라면 이제 신물이 나, 꼴도 보기 싫다고!" 고래고래 소리를 질러대면서. 그녀는 겁을 집어먹고 부엌으로 달아났다. 앙리는 거실에서 꼼짝도 하지 않았다. 바깥에서는 파이, 과자, 선물, 시끄럽게 떠들어대는 아이들, 하찮은 근심걱정을 한아름씩 안아든 사람들이 12월 25일의 잿빛 공기 속에서 조금씩 전진하고 있었다. 그는 고개를 절레절레 흔들었다. 그들이 경멸스러웠다. 그리고 자신은 혐오스러웠다. 아주 오래전부터 그에게 인생이란 언제든 머리를 세차게 들이받을지도 모르는 막다른 골목이었다. 그는 빵을 가지러 부엌으로 갔다. 마갈리는 부엌으로 들어왔다가 다시 나가는 그의 모습을 물끄러미 쳐다보았다. 하지만 그는 한 마디 말도 하지 않았다. 그는 때가 덕지덕지 앉아 외양간처럼 변해버린 부엌이 지긋지긋했고, 부엌에서 풍기는 냄새가 지긋지긋했다. 언젠가 하루 날을 잡아 그 모든 걸 집 안에서 깨끗하게 몰아내야겠다는 생각이 들었다. 하지만 그럴 엄두가 나지 않았다.

그는 그날 하루를 빈둥거리면서 보내려 했다. 텔레비전을 잠깐 보다가, 면도를 잠깐 하다가, 낮잠을 자려고 애써보기도 하다가. 하지만 뭘 해도 마음이 편치 않았다. 결국 그는 영업 자료를 집어들고 흑자에는 초록색 줄, 적자에는 붉은 줄을 긋기 시작했다. 세심한 주의를 요하는 작업이었다. 그는 그 일에 흠뻑 빠져들었다. 이윽고 일을 멋지게 해냈다고 흡족해하면서 자리에서 일어났다. 기분이 약간 좋아진 것도 같았다. 그의 삶에 일어나는 사건들에는 어쩌면 나름대로 약간이나마 의미가 있을지도 모른다. 그는 빵을 더 가져오려고 다시 부엌으로 갔다. 마갈리는 부엌 창가에 서서 겨울안개를 바라보고 있었다. 가로등의 노란 불빛이 그녀의 얼굴을 비추고 있었다. 그런데 뭔가 이상했다. 여자의 뺨에 불빛이 반사되어 반짝이고 있었다. 그는 그녀에게 가까이 다가갔다. 굵은 눈물방울이 그녀의 살갗을 타고 내려가 타일 바닥으로 떨어지면서 하나하나 부서지고 있었다. 그녀는 울고 있었다.

에필로그

　며칠 후 앙리는 가운 입은 남자에게 암소를 데려갔다. 앙리는
그녀가 눈물을 흘렸다는 이야기까지 시시콜콜 보고할 필요는 없
다고 결론짓고 그 일을 혼자만의 비밀로 간직했다. 가운 입은 남
자는 암소를 외양간에 가두기 위해 암소의 엉덩이를 세차게 갈
겼다.

　"음, 그러니까 똥오줌을 가릴 수 있도록 하는 게 급선무로군
요." 가운 입은 남자가 말했다. "사실 이런 걸 개인이 집 안에 두
고 기른다는 건 아직 무리죠."

　앙리는 그 말에 동의하고는 암소를 앞으로 어떻게 할 건지 물

었다.

"아, 이 암소 말인가요? 아쉽지만 이 녀석은 젖소가 아닙니다. 하지만 육질만큼은 최상품이죠. 조만간 도축업자들에게 넘길 겁니다. 제가 늘 거래하는 곳이 있거든요."

앙리는 남자의 사업수완이 뛰어나다고 생각했다.

위대함

다섯 곱절로 불어난 지혜의 소유자이자 음과 양의 위대한 주관자이며, 토끼의 아들, 돼지의 형제, 수달의 사촌, 뱀의 조카, 용의 아버지인 거룩하고도 존엄한 문준 2세는 고통에 관한 모든 것을 그에게 전수했다. 그는 '은둔물결파'에 들자마자 자신의 모든 근육을 하나하나 찢고, 모든 관절을 비틀고, 모든 뼈들을 부러뜨리고, 살을 도려내고, 눈을 불로 지지고, 손톱과 발톱을 뽑고, 고환을 전기로 지지고, 배에 구멍을 뚫고, 척추의 뼈들을 도미노 조각처럼 하나하나 탈구시켰다. 브루스는 그 모든 시련을 얼음보다 차가운 평정심으로 이겨냈다. 그리고 후일, 그처럼 비범한 평정심 때문에 브루스의 명성은 더욱 확고해졌다.

　그의 영화들, 분노에 찬 살쾡이 같은 몸동작, 청나라 조각상 같은 작고 예쁘장한 얼굴(오뚝한 콧날, 목덜미를 살짝 덮는 머리칼, 고통을 참을 때 미간에 생기는 세 줄의 세로 주름) 덕분에 그는 전혀 기대하지도 않았던 어마어마한 부를 누리게 되었다. 몸을 떨거나 진땀을 흘리지 않고 일곱 자리 숫자의 수표에 가볍게 서명할 수 있을 정도의 넉넉한 돈, 국제투자은행(한스 요하힘 드 바비에르 100-150번지, 25680 제네바에 위치한)이 굽신거릴 정도로 엄청난 돈. 완벽한 미국 여자의 전형(스물네 살, 갈색머리칼, 남아프리카 영양처럼 크고 초롱초롱한 눈, 175센티미터에 50킬로그램, 아침식사 전에 하얀 스타인웨이 그랜드피아노로 바흐를 연주하고, 칸트를 자유자재로 인용하고, UCLA 마켓 애널리스트 학위를 이 년 만에 취득한 재원)인 케이트와 결혼할 정도로 많은 돈. 요컨대 브루스는 자신의 육체를 극한의 고통에 떠맡기고 혹독하게 단련하는 인고의 세월을 보낸 후, 지금은 호화롭고 안락한 별천지에서 살고 있었다. 허브 거품이 몽실몽실한 욕조에서 목욕을 하고, 백퍼센트 천연실크 이불을 덮고 잠을 자며, 사교계를 드나들고, 호화로운 대저택에서 자신은 코스모폴리탄(얼음 여섯 조각/보드카 4.5센티리터/쿠앵트로 2.5센티리터/크랜베리주스 4.5센티리터/라임 반 조각의 즙)을, 그리고 케이트는 실크 스타킹(초콜릿 분말 약간/테킬라 3.5센티리터/무색의 카카오크림 3.5센티리터/차가운 액상크림 10센티리터/석류시럽 두 스푼/얼음 네다섯 조각)을 마시면서 유리벽으로 둘러쳐진 거실에서 밀어를 속삭였다. 그는 그녀에게 로스앤젤레스 하늘에 떠 있는 별들을 보여주면서 중국 점성술의 비밀들을 가르쳐주었고, 그녀는 그에게 미국문화에 대해, 1967년에 제작된 할리 데이비슨 나이트 스피릿의 장중한 모터 소리와 357매그넘 콜트의 거부할 수 없는 매력과 자신이 단숨에 읽어내려갔던 『호모사피엔스에게서 발견한 생명에너지와 그 증가』의 저자 L. 론 허바드*에 대해 들려주었다.

케이트는 브루스에게 예쁘고 총명한 두 아이를 낳아주었다. 그 아이들은 그가 갖고 있는 수많은 보물 중에서도 가장 소중한

---

* 사이언톨로지의 교주.

보물이었다. 첫째는 아홉 살 사내아이였다. 그는 그 아이를 '우리 개구쟁이'라고 불렀다. 둘째는 일곱 살 여자아이였다. 그는 그 아이를 '우리 보배'라고 불렀다. '우리 개구쟁이'는 아버지에게서 살쾡이 같은 눈매와 우아하고 탄력 있는 몸을 물려받았고, 어머니에게서는 달콤한 미국적 영혼을 물려받았다. 그래서 아이는 언젠가 브루스가 홍콩에서 선물로 사온 비취 노리개보다는 플라스틱으로 만든 액션맨을 더 좋아했다. '우리 보배'는 정반대였다. 그 아이는 어머니의 늘씬하고 길쭉길쭉한 몸매, 그리고 마법의 집에 살고 있는 바비 인형 같은 얼굴을 물려받았다. 반면에 아버지에게서는 어떤 일이 닥쳐도 끄덕하지 않는 담대함과 냉철한 판단력을 물려받았다. 그래서 모르는 사람들은 아이의 성격이 괴팍하고 무뚝뚝하다고 오해하기도 했다. 하지만 아이의 아버지는 그것을 "중국 왕조가 세계를 지배했던 고대로부터 전해내려오는 흰 족제비의 지성"이라 불렀다.

악의 화신

　브루스 리의 안락하고 행복한 가정으로부터 수천하고도 수천 킬로미터 더 떨어진 곳에서, 브루스 리의 돈냄새를 맡은 삼합회 사대 문파(뻐꾸기의 가호를 받는 '구세계'파, 무늬말벌의 가호를 받는 '성난 바다'파, 곰의 가호를 받는 '불타는 대기'파, 청개구리의 가호를 받는 '영원한 불'파)의 보스들은 같은 순간 같은 생각을 했다. 이런 우연의 일치는 지극히 드문 일이다.

10월 13일, 오후 일곱시경이었다. 하늘에서는 화성-수성-명왕성이 일렬로 정렬해 강력한 자기장을 발생하며 지구를 끌어당기고 있었다. 청개구리의 가호를 받는 '영원한 불'파의 보스 '늙은 사슴'의 고향인 수이 마을 앞바다에서 거대한 해일이 일어났다. 엄청난 파도가 해변에서 멀리 떨어진 목재 교각 너머까지 밀려들어와 무기밀매업자의 집 앞은 시커먼 해초로 뒤덮였다. 뻐꾸기의 가호를 받는 '구세계'파의 보스 '절름발이 황소'의 고향인 이오 마을에서는 갑자기 산등성이가 둘로 갈라지는 기괴한 지질학적 현상이 일어나, 굴러떨어진 바위들이 맹인 안마사의 집과 온천 여관들 사이의 진입로를 완전히 가로막았다. 청개구리의 가호를 받는 '분노의 바다'파 보스 '똥거미'의 고향 마을 사포의 비옥한 계곡에서는, 오십여 마리의 개코원숭이가 한밤중에 떼로 몰려와 추수해놓은 농작물을 엉망으로 만들고 인민신용금고 정문 앞에 오줌과 똥을 산더미처럼 갈겨놓았다. 마지막으로, 곰의 가호를 받는 '불타는 대기'파 보스 '웃는 타조'의 고향 마을인 시유에서는, 마을을 지켜주던 오백 살 먹은 참나무 밑동에서 원인 모를 불이 나 음식점과 양장점을 모두 불태우더니 하루 만에 마을 전체를 집어삼켰다.

이처럼 행성들의 결합으로 해괴망측한 일들이 연달아 일어나 그러잖아도 기분이 잔뜩 상해 있던 참에, 절름발이 황소와 늙은 사슴, 똥거미와 웃는 타조는 위성채널에서 방영된 '삼합회'에 관한 영화에 결정적으로 뚜껑이 열렸다. 그리하여 그들은 생각했다. 미국으로 이민 가서 만주국 황제보다 약간 덜할까 말까 한 호사를 누리고 있는 그 젊은이의 재산을 써먹을 때가 마침내 온 거라고.

시도

제일 먼저 행동을 개시한 것은 청개구리의 가호를 받는 '성난 바다'파 보스 똥거미였다.

똥거미는 평범한 중국인들보다 훨씬 더 가무잡잡한 피부에 주름이 쪼글쪼글한 노인이었다. 그는 제 부하들에게는 다정다감하고 자애로웠지만 적들에게는 피도 눈물도 없는 냉혈한으로 악명이 자자했다. 그는 무예가 출중한 부하 여섯을 선발해 당장 미국으로 날아가 그 유명 배우의 아들을 납치해 대령하라고 명령했다. 똥거미의 명령을 받은 여섯 부하들은 그 즉시 홍콩-로스앤젤레스 직항기를 타고 미국에 도착해, 연수를 온 중국 자동차 엔지니어인 척 위장해 공항 검색대를 무사히 빠져나왔다. 그들은 어느 중국음식점의, 딤섬이 가득 쌓인 고미다락에 묵으며 작전을 세웠다.

밤이 되자, 여섯 전사는 청개구리의 혼을 불러내 기를 받기 위해 여든 가지 절차로 이루어진 복잡하고 장엄한 의식을 치른 후, 마치 치명적인 독을 품은 날짐승들처럼 밤의 어둠 속으로 스며들어 비벌리힐스에 도착했다. 그날 밤 그 언덕에는 그들의 거사를 돕기라도 하듯 길조의 북동풍이 가볍게 불고 있었다. 그들은 최첨단 무인경비시스템을 간단히 해제시킨 후 유리벽에 구멍을 뚫고 거실 안으로 들어갔다. 그러고는 케이트가 구아슈화로 복제한 르네상스 이탈리아 거장들의 그림들이 무심하게 지켜보는 가운데 소리 하나 내지 않고 위층으로 올라갔다. 거기서부터는 더욱더 조심스럽게 부부 침실로 침투했다. 브루스 리 부부는 푸른 새틴 이불을 덮고 잠들어 있었다. 방 안에는 여성용 세루티 샤워젤의 은은한 사향 냄새가 감돌고 있었다. 여섯 사내 중 하나가 정신을 집중하여 자기 손의 모든 관절과 뼈들을 자갈처럼 단단하게 만들더니, 브루스가 미처 방어할 새도 없이 순식간에 그의 목을 강타했다.

갑작스러운 공기의 흔들림이 케이트를 깨웠다. 그녀는 소스
라쳐 침대에서 벌떡 일어났다. 세 남자가 즉시 그녀를 에워쌌고,
그 중 한 명이 그녀의 목에 칼날을 들이대고 귓가에 속삭였다.
"네 아들을 인질로 데리고 간다. 아들을 다시 보고 싶으면, 네
남편 수입에서 세금을 공제하지 않은 액수의 33퍼센트를 우리
에게 바쳐야 한다. 알아들었나? 33퍼센트!"

평정심

브루스는 경찰에 신고하지 않았다. 중국인들의 문제는 중국인들끼리 해결하는 게 관례였다. 브루스는 하마터면 평정심을 잃고 고통과 분노에 사로잡힐 뻔했다. 그러나 모든 형태의 고통을 이겨내는 혹독한 훈련을 받았던 그 인고의 세월은 괜한 수고가 아니었다. 그의 신경세포들은 마치 게의 공격을 받은 양식장의 홍합들처럼 재빨리 닫히면서 모든 감정을 일제히 차단했다. 그는 협박에 굴하지 않고 자기 집 거실에 앉아 상황을 관망하기로 결심했다. 케이트는 흥분해 날뛰면서 히스테리를 부렸다. "이건 말도 안 돼! 당신 제정신이야? 그놈들이 우리 애한테 무슨 짓을 할지도 모르는데 그냥 앉아서 기다리겠다고? 빌어먹을!
만약 그애한테 무슨 일이 생기면 난…… 난, 절대로 가만 두지
않을 거야……"

　얼마 후 리 부부는 수신자 부담으로 걸려온 전화를 받았다. 전
화를 걸어온 사내는 브루스에게 자신들의 요구사항을 무조건 이
행하라고 촉구했다. 다시 며칠이 흘렀다. 두번째 전화가 걸려왔
다. 그들은 "무서워죽겠어. 빨리 집으로 돌아가고 싶어"라며 울
먹이는 '우리 개구쟁이'의 목소리를 들려주었다.

　브루스는 미동도 않고 거실 소파에 그대로 앉아, 심장박동을
늦추기 위해 단전호흡을 실시했다. 며칠이 더 흘렀다. 그동안 케
이트는 쉬지 않고 울었다. 리 부부 앞으로 소음차단 귀마개 상자
가 배달되었다. 상자 안에는 '우리 개구쟁이'의 잘린 손가락 하
나가 들어 있었다. 브루스는 조금도 흔들리지 않았다. 손가락이
건 뭐건 상관없었다. 그는 처절하고 통렬한 고통을 자신의 가슴

한가운데 움푹 파인 구멍에 마침내 묻어버렸다. 그후로 열흘 동안 그들은 아무 소식도 접하지 못했다. 케이트는 몸무게가 6킬로그램이나 빠졌다. 그녀는 가정주치의가 처방해준 렉소탄의 힘을 빌려 여섯 시간을 꼬박 잤다. 브루스는 여전히 침착했다. 얼굴에는 여전히 윤기가 흘렀고 머리카락은 반짝거렸으며 근육은 단단했다. 그들은 커다란 타파웨어 안에 알루미늄 호일로 감싼 '우리 개구쟁이'의 머리를 DHL로 받았다. 케이트는 울부짖었다.

　그녀는 사흘 밤낮을 단 한 순간도 멈추지 않고 울부짖었다. 그러고는 브루스에게 자신이 미쳐가고 있다고, 그걸 확실히 느낄 수 있다고, 도저히 견딜 수 없다고 말했다. 브루스는 가족을 위해, 그녀 자신을 위해, '우리 보배'를 위해 강해져야 한다고 그녀에게 말했다. 아무리 고통스러운 상처라 해도 결국에는 아물 거라고, 이제부터 자기가 그녀를 지킬 거라고, '우리 개구쟁이'는 분명히 엄마아빠가 잘 지내기를 바라면서 그들을 지켜보고 있을 거라고 말했다. 가정주치의는 그녀에게 자낙스를 처방했고, 리 부부는 고통을 이겨내기 위해 노력했다.

인내

　두번째로 일을 시도한 것은 무늬말벌의 가호를 받는 '영원한
불'파의 보스 '늙은 사슴'이었다. 늙은 사슴은 고령에도 불구하
고 놀랄 만큼 우람한 근육과 비범한 힘을 갖고 있었다. 들리기로
는 그가 그처럼 엄청난 체력을 유지하고 있는 건 고래 난소로 만
든 신비의 묘약을 장복하고 있기 때문이라 했다. 어쨌거나 백세
살이나 된 그가 아직도 코카콜라 병마개를 이로 딴다거나 직경
1.5센티미터의 철근을 엿가락처럼 구부렸다 폈다 할 수 있는 건
분명한 사실이었다.
　늙은 사슴은 자신의 아들에게 임무를 맡겼다. 그의 아들은 삐

쩍 마르고 왜소한데다 얼굴마저 흉측하게 생긴 인물이었다. 늙은 사슴은 아들에게 이름조차 지어주지 않았고, 개 돼지처럼 땅바닥에서 키웠으며, 더 강한 인간으로 만들기 위해 하루도 빠지지 않고 두들겨팼을 뿐 아니라, 아들의 마음에 증오심을 심어주기 위해 자신이 알고 있는 욕이란 욕은 모조리 퍼부어댔고, 사람들을 쥐도 새도 모르게 죽이는 기술에서 자타가 공인하는 일인자들을 스승으로 모셔다가 강도 높은 훈련을 시켜왔다. 요컨대 늙은 사슴의 아들, 증오심으로 가득 찬 화염덩어리일 뿐이며 이름조차 없는 그 인간은 공인회계사라는 가짜 신분으로 로스앤젤레스 공항에 도착했다. 그리고 그는 브루스로 하여금 세금을 공제하지 않은 수입의 33퍼센트를 반드시 뱉어내게 만들겠다고 단단히 벼르고 있었다.

'이름 없는 남자'는 고속도로 진입로를 떠받치고 있는 기둥 아래 동굴처럼 움푹 팬 축축하고 어둠침침하고 울퉁불퉁한 땅바닥에서 임무가 끝날 때까지 기거하기로 했다. 그에게는 따뜻함이 필요없었다. 안락함도 필요없었다. 그는 풀을 뜯어먹고 빗물을 마시면서 마치 아프리카 늪 속의 박테리아처럼 때를 기다렸

다. 그는 머리 위를 지나다니는 차들의 굉음이나 얼굴 위로 기어
오르는 쥐들도 아랑곳 않고 오직 임무만 생각하면서 이틀 동안
정신을 집중했다. 그러고 나서 이제 만반의 준비가 되었다고 느
낀 순간, 자리에서 벌떡 일어나 리의 빌라가 있는 방향으로 걸어
가기 시작했다.

　오후였다. 사막에서 불어온 한 줄기 바람이 마치 한 가닥 메마
른 머리카락처럼 도시를 스치고 지나갔다. 다우존스지수는 약간
하락했고, 도쿄의 니케이지수 역시 하락 조짐을 보이고 있었으
며, 파리의 CAC40지수는 완전히 폭락한 이후 회복할 기미를 보
이지 않고 있었다. 물론 '이름 없는 남자'에게 그런 것들은 아무
런 의미가 없었다. 그의 머릿속에는 오직 난생처음 맡은 임무에
대한 생각밖에 없었다. 빌라에 도착한 그는 우선 노간주나무 덤
불 뒤에 자리를 잡았다. 거기서 그는 유리벽 너머로 리 부부가
거실 안에서 서성이는 모습을 엿보았다. '이름 없는 남자'는 자
신의 영혼을 더욱 단련시켰다. 극지의 얼음보다 차갑고 단단해
질 때까지. 그리고 그는 외벽을 빙 돌아 '우리 보배'의 방 창문
아래 멈춰 섰다. 거기서 '이름 없는 남자'는 몸속 뉴런의 전류를

역류시키고 간의 분자구조를 일시적으로 변형시켜 반$_{反}$중력상
태로 만들었다. 그렇게 해서 그는 수천 년 동안 무술 고수들에게
전해내려온 공중부양 기술을 이용해 3층으로 올라갔다.

　'이름 없는 남자'의 움직임으로 인해 공기가 가볍게 흔들리
자, 잠을 자고 있던 '우리 보배'의 머릿속 경보 시스템이 작동했
다. '우리 보배'는 침대에서 벌떡 일어났다. 아까 오후에 아이는
낮잠을 자는 동안 악몽을 꾸었다. 잘린 머리들과 호랑이들이 나
오는 꿈이었다. 그리고 자리에서 일어나려는 바로 그 순간, '우
리 보배'는 자기 앞에 키가 작고 흉측하게 생긴 남자가 서 있는
것을 보았다. 남자는 이미 '우리 보배'를 붙잡으려고 두 팔을 뻗
고 있었다.

모성애

브루스는 케이트 앞에서 흔들려선 안 됐다. 케이트는 고함을 질러대며 울부짖었다. "아, 내 딸, 우리 딸, 그놈들이 내 딸마저 빼앗아갔어. 그들이 시키는 대로 해. 그애가 다쳐선 안 돼. '우리 보배' 손가락 하나, 머리카락 한 올이라도 다쳐선 안 돼. 우리 애가 무사히 돌아올 수 있도록 제발 어떻게 좀 해봐, 제발, 이렇게 부탁할게!" 브루스의 머릿속에는 돌주머니가 들어 있었다. 그의 감정들은 얼음처럼 딱딱했다. 그는 문준 2세에게 배운 가르침을 되뇌고 있었다. "육체의 고통이든 정신의 고통이든, 고통은 네가 물리쳐야 할 최악의 적이다." 그래서 그는 거실 소파에 그대로 앉아, 흰 페인트를 칠한 맞은편 벽에 붙은 한 점의 먼지에 시선을 고정시킨 채, 아내의 처절한 울부짖음의 데시벨을 귀로 여과시키고 있었다.

전화가 걸려왔다. 그들은 자신들이 그의 딸을 데리고 있으며, 그가 세금을 공제하지 않은 수입의 33퍼센트를 내놓지 않으면 딸의 얼굴을 두 번 다시 못 보게 될 거라고 협박했다.

브루스는 그들의 요구를 단호하게 거절하고는 다시 소파에 앉아 흰 벽에 붙어 있는 먼지를 응시했다.

리 부부는 '우리 보배'가 황량한 들판 저쪽에서 공포에 사로잡힌 눈빛으로 이쪽을 보고 있는 사진을 우편으로 받았다. 브루스는 계속 벽을 응시했다. 그는 자신의 정신을 티탄 벽돌로 가득 채워 더욱 단단하게 만들었고, 그래서 마침내 '우리 보배'의 겁에 질린 모습을 눈앞에서 지우는 데 성공했다.

일주일 후, 케이트는 이제 그림자에 지나지 않았다. 뼈만 남은 그녀의 얼굴은 백지장처럼 창백했고, 눈은 퉁퉁 부어오르고 눈동자는 새빨갛게 충혈되어 있었다. 그녀는 이제 옷도 입지 않고 더러운 가운 하나만 걸친 채로 집 안을 유령처럼 배회했고, 집 안의 술이란 술은 전부 다 동을 내고 화장실에서 온갖 종류의 선명한 액체를 토해냈다.

그들은 DHL로 상자 하나를 배달받았다. 작은 핏덩어리. 브루스는 그게 뭔지 단번에 알아보았다. 박동을 멈춘 '우리 보배'의 심장이었다.

직관

'절름발이 황소'는 이제 자기가 나서야 할 차례라는 것을 알았다. 절름발이 황소는 자신이 해야 할 일을 언제나 알고 있었다. 그의 정신은 수정처럼 맑았다. 그의 판단은 단 한 번도 빗나간 적이 없었다. 그의 IQ는 케플러의 지능지수와 거의 맞먹었고, 후각은 냄새측정기만큼이나 예민했다. 요컨대 절름발이 황소는 진정한 천재였다.

그는 결단을 내리기에 앞서 마을 끝에 위치한 작은 움막에 은거했다. 거기서 그 문제를 두고 깊은 명상에 잠겼던 그는 마침내 자신의 늙은 누이를 불렀다.

그의 누이는 너무 늙어서 몇 센티미터 앞도 간신히 분간할 정도였고, 조금만 움직여도 뼈마디가 한꺼번에 주저앉는 통증을 느꼈고, 목소리도 낡아빠진 모노 축음기에서 나는 소리 같았다. 그렇지만 쪼글쪼글 시든 레몬과도 같고 인대가 파열되기 직전인 자그마한 여자, 먼지처럼 바스러지기 일보 직전인 그 우스꽝스러운 화석은 극동에서 가장 위험한 여자임이 분명했다. 절름발이 황소의 누이가 그 정도로 가공할 존재가 된 까닭은, 오래전부터, 거의 수백 년 전부터 그녀가 식물들의 언어를 익힌 덕분이었다. 그녀는 덩굴식물이나 독을 지닌 꽃들, 나무나 풀들과 대화를 하는 능력을 지니고 있었다. 그녀가 싹들에게 뭔가를 부탁하면, 싹들은 말 잘 듣는 어린아이들처럼 그녀의 말에 고분고분 복종했다. 그녀가 말을 걸면 풀들은 경찰견처럼 그녀의 말에 주의 깊게 귀를 기울였다. 그녀는 버찌나무에게 어디에 뿌리를 내리고 어떤 모양으로 자라고 얼마나 많은 열매를 맺어야 좋을지 가르쳐주기도 했다. 그리고 튤립, 베고니아, 수레국화, 개양귀비, 민들레 들은 그녀의 친구이자 심복들이었다.

그녀는 커뮤니케이션 전문가로 여권을 위조해 로스앤젤레스에 도착했다. 그리고 사흘 동안 하야트 리전시 호텔의 스위트룸에 투숙했다. 때는 초봄이었다. 그녀는 온 사방에 꽃가루가 날리고 수액이 흐르는 것을 느꼈다. 그녀는 휴식을 취하면서 향긋한 욕조에서 목욕을 하고 텔레비전 만화영화를 보았다. 그리고 마침내 때가 왔다고 느낀 순간, 프런트에 전화를 걸어 비벌리힐스로 가는 택시를 불러달라고 했다.

불가해한 일

그때 일어난 일은 인간의 지능으로는 도저히 이해할 수 없는 것이었다. 케이트는 가정주치의의 지시에 따라 테라스에서 신선한 공기를 쐬고 있었다. 그러다 문득 정원 어딘가에서 달콤하면서도 불쾌한 냄새가 풍겨나고 있음을 알아차렸다. 그녀는 자리에서 일어섰다. 그리고 유리벽 너머로, 거실 소파에 앉아 여전히 벽을 응시하고 있는 브루스의 모습을 힐끗 쳐다보았다. 그녀는 냄새의 진원지이리라 짐작되는 곳을 향해 다가갔다. 철쭉이 피어 있는 부근이었다. 그녀는 그곳에 무릎을 꿇고 앉았다. 그러자 너무도 불쾌하고 강렬한 냄새가 코 안으로 훅 밀려들어왔다. 그녀는 눈앞에 펼쳐진 꽃들을 손으로 스쳤다. 손가락 끝에 아주 가볍고, 아주 부드럽고, 아주 상쾌한 떨림이 느껴졌다. 떨림이 그녀의 팔로 전해져왔고, 이어서 그녀의 몸 전체로 퍼졌다. 이제 그녀의 눈에 꽃들은 커다랗고 흐릿한 오렌지빛 점으로 보일 뿐이었다. 그녀는 의식을 잃었다.

브루스는 몇 시간이 지난 후에야 케이트가 사라졌다는 것을 알게 되었다. 벽을 바라보며 명상에 잠겨 있다 깨어나 오줌을 누러 가다가 아내의 모습이 보이지 않는다는 걸 알아차린 것이다. 처음에는 한두 번 아내를 불러보았다. "케이트? 케이트?" 그는 죽은 아이들의 방에도 올라가보았고, 욕실에도 가보았다. "케이트? 케이트?" 부엌에도. "케이트? 케이트?" 거실에도, 차고에도 어디에도 없었다. 그는 정원에 난 발자국을 따라가다 불쾌한 냄새가 나는 철쭉 화단에 다다랐다. 발자국은 거기서 멈춰 있었다. "케이트? 케이트?" 꽃들은 그에게 아무 말도 하지 않았다. 그는 꽃들이 그의 시선을 외면하는 듯한 느낌을 받았다.

사흘 후, 그는 우편으로 베타맥스 방식의 비디오테이프를 받았다. 사방이 벽돌로 둘러싸인 곳에서 케이트가 멍청한 로봇처럼 읊조렸다. "만약 당신이 세금을 공제하지 않은 수입의 33퍼센트를 바치지 않으면, 난 두들겨맞고 강간당하다가 결국 죽게돼. 세금을 공제하지 않은 수입의 33퍼센트."

아내의 일그러진 얼굴을 보자 브루스는 자신의 마음 깊은 곳에서 꿈틀거리는 무언가를 느꼈다. 둔탁하고 차가운 고통, 한없이 갈라지는 균열, 거기서부터 그가 잃어버린 가족들의 절규가 올라오고 있었다.

그는 비디오를 껐다. 그리고 유리벽 앞에 우뚝 섰다. 집 안은 이집트 피라미드의 내부처럼 정적이 감돌고 있었다. 그는 한순간 못 박힌 듯 꼼짝 않고 서서 텅 빈 하늘을 응시하다가, 갑자기 가슴 깊숙한 곳에서 터져나오는 비명을 내질렀다. 무시무시한 비명, 그 자신도 이해할 수 없는 온갖 감정들이 뒤섞인 비명, 죽음과 슬픔의 비명.

얼마 후 그는 알 수 없는 공허를 느꼈다. 걷잡을 수 없는 공허.

하지만 그게 더 나았다. 그는 거실 소파로 돌아가 다시 벽을 뚫어져라 응시했다. 그리고 거룩하고도 존엄한 문준 2세의 가르침과 그 모든 수련과정을 머릿속에서 복기했다. 꿈틀거리며 올라오던 그 무언가는 차츰 제자리로 되돌아갔고, 갈라졌던 균열은 다시 메워졌으며, 비명은 잦아들었다.

일주일 후, 브루스는 또다른 베타막스 비디오테이프를 우편으로 받았다. 벽돌 바닥에서, 이백사십 분 내내 케이트는 두들겨맞고 강간당하다 끝내 죽음에 이르렀다.

어리석음

곰의 가호를 받는 '불타는 대기'의 보스 '웃는 타조'는 다른 조직의 보스들이 차례로 실패하는 과정을 주의 깊게 지켜보았다. 그리고 그는 이제 자기가 나서야 할 때가 왔다고 생각했다.

웃는 타조는 보스들 중에서 가장 나이가 적었다. 그리고 바로 그것이 그가 가진 유일한 장점이었다. 그는 지능이 그다지 뛰어나지도 않았고, 영향력도 별로 없었으며, 천부적인 지도력이나 정치적 직관도 가지고 있지 않았다. 다시 말해 웃는 타조는 삼합회의 보스가 되는 데 필요한 자질 중 그 어떤 것도 갖고 있지 않았다. 그러므로 그는 들판에서 적당하게 여문 감자를 캐거나 논에서 쟁기를 끌면서 인생을 보냈어야 마땅할 인물이었다. 하지만 그건 그가 동시대인들 중 최고로 운이 좋은 사람이라는 사실을 고려하지 않았을 때의 이야기였다. 그는 정말이지 억세게 운이 좋았다. 그는 정말로 우연히, 운 좋게 고향을 떠나게 되었고, 어찌어찌하다가 운 좋게 삼합회 보스가 되었으며, 운 좋게 상대 세력들을 쉽게 제거할 수 있었고, 50차례나 계속된 암살 공격에서도 운 좋게 살아남았다. 그래서 그는 근육만 똘똘 뭉친 그 자그마한 사내 브루스 리의 '세금을 공제하지 않은 수입의 33퍼센트' 역시 운 좋게 자기 손에 넣게 될 거라고 믿어 의심치 않았다.

웃는 타조는 광둥–로스앤젤레스 노선의 첫 비행기에서 내렸다. 그리고 위조 여권을 제시하고 공항을 무사히 빠져나왔다. 운 좋게도 그는 전혀 의심을 받지 않았다. 그는 힐튼 호텔에서 운 좋게도 일반 객실 요금으로 앰배서더 스위트룸을 얻었다. 그는 그곳에서 샤워를 하고, 호텔 내부방송에서 흘러나오는 스팅의 흘러간 노래를 들었다. 그리고 저녁이 다가올 무렵, 리의 쾌적하고 안락한 저택, 지금은 음산하고 황량한 무덤에 지나지 않는 그 저택이 있는 비벌리힐스로 갔다.

운 좋게도 웃는 타조는 가정주치의가 따로따로 처방해준 자낙스와 렉소탄을 한꺼번에 복용해 혼수상태에 빠져 있는 브루스를 발견했다. 웃는 타조는 브루스를 침대에서 끌어내려 욕실로 끌고 갔다. 그리고 필립 스탁이 디자인한 호화로운 욕조 안에 브루스를 처박고는 손목과 발목에 수갑을 채웠다. 그러고는 샤워기를 틀어 얼음처럼 차갑고 세찬 물줄기를 브루스의 얼굴에 뿜으면서 말했다. "어이, 불쌍한 친구, 이제 그만 정신차려! 자, 눈 좀 떠보라구!" 브루스가 기침을 하면서 인상을 찌푸렸다. "그만해, 빌어먹을, 그만!" 브루스는 눈을 뜨고 낯선 사내의 얼굴을 보았다. 사내는 미소를 짓고 있었다. 웃는 타조는 갓 태어난 새끼고양이에게 하듯 아주 부드럽고 다정하게 말했다. "내가 원하는 건, 네 수입에서 세금을 공제하지 않은 액수의 33퍼센트, 그것뿐이야. 그 정도야 사실 별거 아니지. 그렇게 많은 걸 요구하는 것도 아니잖아, 안 그래? 그렇게 하겠다고 한 마디만 하면 돼, 자, 어서 말해, '약속한다'고. 그러면 널 조용히 놔두겠어, 오케이?"

브루스는 모든 고통과 시련을 이겨내는 훈련을 받았다. 그는 어떤 난관이라도 견뎌내는 법을 배웠다. 최악의 상황, 가장 악랄하고 가장 혹독한 상황들을 견뎌내는 법을. 그는 위급 상황에 처했을 때 자신의 머릿속을 단단한 자갈로 채우는 법을 배웠다. 그럼에도 불구하고 그의 입에서 불쑥 이런 말이 튀어나왔다. "썩 꺼져, 이 멍청한 새끼야!"

브루스의 그런 반응은 웃는 타조에게 결코 행운이 아니었다. 웃는 타조에게 이렇게 운이 따라주지 않았던 적은 여태껏 한 번도 없었다. 이런 경우는 그에게 너무도 낯선 것이었고, 그래서 그는 따귀를 아주 세게 얻어맞은 것처럼 실제로 육체적인 아픔을 느끼기까지 했다. 웃는 타조는 생각했다. 내게 운이 따라주지 않았다는 사실이 세상에 알려지면, 그동안 쌓아올린 모든 것이 한순간에 무너질지도 모른다, 보스로서의 권위, 조직, 나의 모든 것…… 그러므로 웃는 타조는 이 사내를 산산조각내야 할 필요가 있었다. 천연 요구르트보다 더 물렁물렁하게 만들어줘야 했다. 녀석의 껍질을 벗겨 민달팽이처럼 만들어야 했다. 지금 당장 그가 해야 할 일은 바로 그것이었다. 웃는 타조는 약장에서 브루스의 윌킨슨 면도기를 꺼내들고 말했다. "잘 봐둬, 이 개자식아, 지금부터 널 산산조각내줄 테니 똑똑히 보라구."

그후로 오 분이 흘렀다. 웃는 타조는 자신의 눈을 도저히 믿을 수가 없었다. 브루스는 전혀 반응을 보이지 않았다. 웃는 타조는 정말로 놀라운 일이라고 생각했다. 이제까지 자기가 이런 식으로 적들의 힘줄을 잘라낼 때마다, 놈들은 한 놈도 빠짐없이 처절한 비명을 질러대면서 무엇이든 시키는 대로 다 하겠다고 벌벌 기며 맹세했기 때문이었다.

불행

브루스의 화려한 삶은 그 순간에 끝이 났다. 그는 이제 무공을 완전히 잃었을 뿐 아니라 제대로 걸을 수조차 없게 되었다. 영화 제작자들은 그에게 조용히 사라져 신분을 바꾸고 살아갈 것을 요구했다. 그들은 그에게 보상을 해주는 대신 더는 그에 대한 소문이 들리지 않도록 해달라는 조건을 제시했다. 그리고 그들은 그가 사라진 그 순간부터 그를 전설 속의 영웅으로 만들기 위해 말도 안 되는 이야기들을 꾸며내기 시작했다. 가족을 모두 잃고 다리마저 절게 된 그는 이 호텔 저 호텔을 전전하면서 새 삶을 찾아보려 애썼다. 하지만 특급 호텔 스위트룸에서 생활하는 기간이 길어지면서 그 많던 재산도 눈 녹듯 사라져버렸다. 그는 영혼의 평화를 되찾고 싶었다. 그래서 케이트가 깊이 빠져 있던 사이언톨로지 교회에 나가기 시작했다. 하지만 얼마 지나지 않아 남아 있던 재산마저 교단에 전부 빼앗겼고, 몸속의 독소를 제거하는 사우나 정화의식에 지불할 돈도 떨어지자 결국 쫓기듯 그곳을 떠나야 했다. 그후 그는 디팍 초프라*의 요가 라이트에 관심을 갖게 되었다.

그는 샌디에이고에서 요가 수련을 받고, 남은 2천 달러를 몽땅 털어넣어 요가 지도자 자격증을 땄다. 그후 몇 주일 동안 그는 그 도시에서 노숙자 생활을 했다. 케이트와 '우리 개구쟁이', '우리 보배'. 잃어버린 행복을 꿈꾸며 버스 승강장 의자에서 새우잠을 잤고, 배가 고프면 쓰레기통을 뒤져 먹다버린 패스트푸드를 주워먹었다. 그러다가 마침내 그는 마지막 용기를 내어 프랑스 북부의 소도시에서 작은 전파상을 하며 살아가는 먼 친척에게 전화를 걸었다. 친척은 그에게 약간의 돈과 프랑스 행 비행

* 인도 출신의 미국 의사로 고대 인도의 전통 치유과학인 아유르베다와 현대 의학을 접목시켜 '정신-신체 의학'이라는 대체의학을 창안했다.

기 표를 보내주었다.

비행기 안에서 열두 시간 남짓한 시간을 보낸 후, 브루스는 짙은 안개에 가려 축축하게 젖어 있는 어느 교외에 도착했다. 그는 친척의 작은 아파트에서 함께 생활하기 시작했다. 몇 주 후, 그의 친척은 그에게 요가 선생으로 자리를 잡아보면 어떻겠냐고 제의했다. 브루스는 차고를 개조해 거기서 몸에 딱 붙는 타이츠를 입은 할머니들을 가르치기 시작했고, 그 덕분에 집세와 생활비를 분담할 수 있게 되었다.

여러 해가 흘렀다. 그는 점점 더 자주 꿈을 꾸었다. 꿈들은 갈수록 더 강렬해졌고, 그래서 꿈속의 장면들이 하루 종일 그를 따라다녔다. 그는 자신의 삶이 손가락 사이로 빠져나가는 것을 느꼈다. 그는 아무것도 하지 않고, 아무 생각도 하지 않고, 슬픔도 기쁨도 느끼지 않고, 자신의 삶이 그렇게 흘러가는 걸 멍하니 보고만 있었다.

때때로 그의 영화가 텔레비전에 방영되기도 했다. 하지만 그는 자신을 알아보지 못했다. 그건 다른 삶이었다. 그와는 전혀 상관없는 다른 우주. 다시 여러 해가 흘러갔다. 이제 그의 기억은 그 세월에 침식당했다. 세월은 그의 기억을 씻어내고, 그를 사로잡고 있던 모습들과 목소리들을 지우고, 그의 기억이 완전히 새로 쌓인 눈처럼 순결하게 반짝거리도록 만들었다.

하염없이 비가 내리는 어느 겨울날, 브루스는 차고에서 요가 수업을 마친 후 사촌의 아파트로 올라갔다. 두 남자는 말없이 음식을 먹고 식탁을 치웠다. 브루스는 설거지를 끝마치고 거실로 돌아왔다. 텔레비전에서는 축구경기의 후반전이 중계되고 있었다. 그는 말했다. "있지, 지금 난 행복해."

코알라

아무 문제 없어

비행기 안에서부터 일은 꼬이기 시작했다. 프레드는 비행기에 타고 있는 사람들이 도무지 마음에 들지 않았다. 비행기 안의 분위기는 독일이나 미국행 비행기와는 사뭇 달랐다. 그런 비행기에 탑승한 사업가들은 작은 행성의 귀족들 같은 분위기를 풍겼고, '결코 겉멋이나 거드름이 아닌 자연스럽게 몸에 밴 품위와 위엄'을 갖추고 있었으며, 비즈니스클래스만의 독특하고도 은은한 향취를 풍겼다. 그런데 이 비행기 안은 그렇지 않았다. 여기 탑승한 인간들은 흔히 말하는 벼락부자들이었다. 자신이 그 짧은 시간에 이렇게 많은 돈을 벌었다는 사실에 깜짝 놀란 듯 보이는 부류들. 그들은 시골뜨기처럼 차려입었고, 시골뜨기처럼 술을 마셨고, 시골뜨기처럼 스튜어디스들에게 껄떡댔다.

　공항에 내려서도 일은 계속 꼬였다. 그곳의 날씨는 정말 고약했다. 눈과 비가 반반씩 섞여 내리면서 대기가 온통 뿌옇게 흐려 있었다. 그런데도 계류장에 들어온 비행기들을 유도하는 오렌지색 헤드셋을 쓴 사람들은 그런 날씨에 전혀 신경쓰지 않는 듯했다. 그건 그들이 구질구질하고 지긋지긋한 날씨에 이력이 났다는 증거였고, 이 지랄 맞을 차가운 비가 앞으로 여러 날 동안 계속 내릴 수도 있다는 증거였다. 프레드는 입국심사대 대기선에 줄을 서면서 휴대전화 전원을 켰다. 그리고 집에 전화를 걸려고 버튼을 눌렀다. 그의 아들은 며칠 전부터 기침을 하고 있었고, 그의 아내는 그가 "또 출장"을 가고 "또 일에만 매달리려 한다"며 못마땅한 표정을 지었다. 전파가 잡히지 않았다. 그는 두세 번 더 시도해보고는 트라이 밴드*라는 망할놈의 최신 문명기기에 대고 욕을 퍼부었다. 어느새 그의 차례가 되었다. 유니폼을

* 3개 주파수를 적용해 미주 지역과 유럽에서 단말기 교체 없이 사용할 수 있는 휴대전화.

입은 여자가 뭔가 의심스럽다는 표정으로 그의 여권을 내려다보더니 그의 얼굴을 올려다보았다. 그는 피곤한 표정으로 마주 보면서 더럽게 못생긴 여자로군, 생각했다. 여자는 손에 잡히는 대로 아무 페이지나 펼쳐 스탬프를 쾅 찍고는 고갯짓으로 그에게 가라는 신호를 보냈다.

프레드는 이 나라가 마음에 들지 않았다. 그리고 그건 점점 더 분명한 사실이 되어갔다. 예약해놓은 레지던스51 호텔까지 택시를 타고 가는 동안, 그의 선입견을 바꿔놓을 만한 건 눈을 씻고 찾아봐도 보이지 않았다. 보이는 거라고는 정말로 돌아버릴 것만 같은 구질구질한 광경뿐이었다. 얼음같이 차가운 빗방울들이 쉴새없이 부딪쳐 흘러내리는 차창 너머로 시커먼 도시, 시커먼 건물들, 시커먼 도로들, 그리고 저 멀리 시커먼 탑들의 꼭대기밖에 보이지 않았다. 정치경제가 부패한 나라의 말로가 어떤 것인지 여실히 보여주는 풍경이었다. 혁명도 '새로운 인간'의 출현도 없이, 오직 조악하고 추한 것들만 존재하는 나라. 수백 평방킬로미터에 걸쳐 온통 암울하고 황량한 풍경밖에 보이지 않는 나라.

오래 있진 않을 거야

  레지던스51 호텔은 그 시커먼 건물들 중 하나였다. 낡은 종합
병원이라 해도 될 건물이었다. 임대아파트라 해도 별 상관이 없
었을 것이다. 경찰서라 해도 무방했을 것이다. 그곳의 건물들은
별다른 차이 없이 다 그게 그거 같았기 때문이다. 하지만 그곳은
어쨌든 호텔이었다. 프런트에서 졸고 있던 남자는 프랑스어도
영어도 독일어도 제대로 할 줄 아는 게 하나도 없었다. 남자는
상대방이 알아듣건 말건 그런 건 별로 중요하지 않다는 듯 자기
가 알고 있는 단어들을 마구잡이로 뒤섞어 태연하게 말했다. 타
인을 의심의 눈초리로 보는 게 이 나라 전체의 문화현상이기라

도 한 듯, 남자는 공항 입국심사대의 여자와 똑같은 눈초리로 프레드의 여권을 오랫동안 들여다보았다.

프레드는 객실로 올라가기 전에 국제전화를 쓸 수 있는지 그 직원에게 물어보았다. 남자는 구석에 있는 전화기를 턱으로 가리키면서, 전화요금 체계가 아주 복잡하기 때문에 이용하기가 어려울 거라고 말했다. 프레드는 지역번호를 누르고 걸어보기도 하고 그걸 누르지 않고 걸어보기도 했다. 소용없어 보이는 제로들은 빼고 국가번호와 함께 눌러보기도 하고 국가번호 없이 눌러보기도 했다. 그리고 마침내 아내에게 연락을 취할 방법이 현재로서는 전혀 없음을 받아들여야만 했다. 뭔가 다른 방도를 찾아내야 했다. 그는 내일 회의가 시작되기 전에 사람들에게 전화 이용법에 대해 자세하게 물어보기로 하고 자기 방으로 올라갔다. 졸음이 거대한 늪처럼 그를 거세게 빨아들이고 있었다. 거의 통증이 느껴질 정도였다.

프런트를 지키던 남자가 그를 따라왔다. 위생상태가 지극히 의심스러운 좁아빠진 욕실, 침대 하나, 침대 발치에 놓인 작은 옷장 하나, 그리고 녹아내린 눈과 얼음 조각이 쓸려내려가고 있는 빗물받이 홈통과 맞은편 건물 벽 때문에 시야가 완전히 가로 막힌 창문 하나가 전부인 초라한 방이었다. 혼자가 되자 그는 혹시나 하는 생각에 휴대전화를 다시 꺼내 집에 전화를 걸어보았다. 역시 신호가 가지 않았다. 샤워를 할 힘도 없었다. 오줌을 누고 옷을 벗고 침대에 눕는 것조차 힘들었다. 그는 자리에 누워 빗물이 창을 두드리는 소리를 잠시 듣다가 마침내 불을 껐다.

그런 일들이 일어났다

누군가 그를 보고 있었다. 프레드는 확신할 수 있었다. 불을
끄기 직전, 아주 짧은 순간에 그는 뭔가를 봤다. 너무 짧은 순간
이라 정확히 알아차릴 수는 없었지만, 분명히 무언가 있었다. 그
는 움직일 엄두도 내지 못하고 몇 분 동안 그대로 가만히 누워
있었다. 그러다가 마침내 다시 불을 켜고는 사방을 두리번거리
며 살펴보았다. 아무것도 없었다. 하지만 결국 그걸 보고야 말았
다. 옷장 위에 앉아 있는 그것을. 눈이 커다란 원숭이를 닮은 동
물이 그를 빤히 내려다보고 있었다. 프레드는 벌떡 일어나, 벗어
놓은 옷가지 쪽으로 손을 뻗었다. 동물이 눈을 깜박였다. 프레드

는 원숭이에게서 눈을 떼지 않은 채 옷을 주워입고는, 신발을 꿰어신고 프런트로 달려내려갔다.

프런트 직원은 텔레비전을 보느라 정신이 없었다. 텔레비전에서는 대형 모터사이클 엔진의 기술적인 특징들을 상세하게 설명하고 있었다. "내 방 옷장 위에 원숭이가 있소!" 프런트 직원이 눈을 들었다. 그 친구는 잠시 눈살을 찌푸리더니, 무슨 일인지 알겠다는 표정을 지었다. "원숭이가 아니라 코알라예요!" 프레드로서는 원숭이든 코알라든 그게 그거였다. "어쨌든, 조치를 취해줘야 할 거 아닙니까!" 프런트 직원은 그에게 미소를 지어 보이고는 기억을 더듬어 프랑스어를 몇 마디 섞어가면서 설명했다. "그 녀석은 우리 호텔을 아주 좋아해요. 게다가 말썽도 피우지 않아요. 아주 얌전하죠. 성가실 게 전혀 없어요. 게다가 바깥 날씨는 너무 추워요. 그 녀석은 그 방을 아주 좋아해요. 그 옷장을 아주 좋아해요."

프레드는 기진맥진해 있었다. 이 상황을 이해하기 위해 노력할 힘도 없었고, 해결책을 찾아나설 여력도 없었다. 그는 자기 방으로 돌아왔다.

코알라는 여전히 그곳에 있었다. 옷장 위에. 녀석은 앉아 있는 것도 아니고 누워 있는 것도 아닌 이상한 자세를 취한 채, 디저트 접시만 한 커다란 눈으로 그를 빤히 내려다보고 있었다. 프레드는 동물이 지켜보는 앞에서 옷을 벗고 침대에 누워 불을 껐다. 코알라가 그를 보고 있었다. 그는 그걸 알고 있었다. 정말 묘한 느낌이었다. 수천 개의 바늘이 그의 몸을 찔러대는 것 같은 느낌. 그는 이리저리 돌아누웠다. 이상야릇한 소리가 조그맣게 들려왔다. 그는 코알라의 방귀 소리일 거라고 생각했다.

그는 전화를 기다리고 있을 아내와 기침을 하고 있을 아들을 떠올렸다. 그리고 마침내 잠이 들었다. 꿈도 꾸지 않는 음산한 잠, 대리석처럼 묵직한 잠이었다.

변함없이 계속되다

이튿날 아침 눈을 떴을 때 그가 처음 본 것은 그를 빤히 내려
다보고 있는 코알라의 동그란 눈이었다. 저 녀석이 잠을 잤을
까? 눈을 감기나 했을까? 프레드는 의심스러웠다. 반쯤 열린 커
튼 사이로, 오염된 눈에서 반사된 희미한 빛이 스며들어왔다. 그
날 하루가 잘 풀릴 거라고 예고해주는 건 아무것도 없었다. 그는
자리에서 일어나 샤워를 하러 갔다. 수돗물에서는 희미하게 유
황수소 가스 냄새가 났다. 시궁창에서 나는 냄새 비슷했다. 욕실
문은 제대로 닫히지 않았다. 몇 번이나 힘을 주어 닫았지만 소용
이 없었다. 문은 계속 빠끔히 열렸고, 그래서 코알라는 그 틈으

로 목을 들이밀고 그를 관찰할 수 있었다. 화장실 문 역시 망가져서 닫히지 않는다는 사실을 알았을 때, 프레드는 정말 난감했다. 이번에도 역시 코알라는 목을 빠끔히 들이밀고는 마치 새로운 생명체를 발견한 과학자처럼 호기심 어린 눈으로 그를 관찰했다.

회의 결과는 좋지도 나쁘지도 않았다. 결정된 건 아무것도 없었고, 사소한 문제들로 시간만 죽였다. 그리고 프레드는 전화 사용법에 관해 아무런 정보도 얻어내지 못했다. 내키지 않는 식사를 하고 입 안에 개운치 않은 뒷맛을 느끼면서 호텔로 돌아온 그는 다시 코알라를 만났다. 코알라는 즉시 주의 깊은 시선으로 그를 지켜보기 시작했다. 프레드는 아내와 통화하려고 수없이 시도했고, 수없이 실패했다.

밖에는 소리 없는 가운데 눈과 뒤섞인 비가 집요하게 내리고 있었고, 그 때문에 그의 강박적인 불안은 더욱 고조되었다. 그는 이제 겨우 한 살 반밖에 안 된 아들과 기관지염을 계속 생각했다. 만약 아이가 엄마의 신경질적인 성격과 아빠의 무미건조한 성격을 동시에 물려받는다면 장차 어떻게 될지, 어떤 인간으로 성장하게 될지 걱정되었다. 코알라가 몸을 긁으면서 길게 하품을 했다. 그리고 지난밤처럼 방귀를 뀌었다. 프레드는 정말이지 진저리가 났다. 그는 아직도 마흔여덟 시간을 더 이 호텔에서 보내야 했다. 그런데 읽을거리조차 하나 가져오지 않았다. 그는 아내와 통화를 해서 아들의 소식을 들어야 했다. 뭔가 조치를 취해야만 했다. 그는 프런트 직원을 만나기 위해 아래층으로 내려갔다. 녀석은 프로레슬링 중계방송을 보고 있었다. "집에 전화를 걸어야 해요!" 프런트 직원은 또다시 까다로운 요금제도에 대해 이러니저러니 아무런 도움도 되지 않는 말들을 늘어놓았다.

프레드는 다시 한번 전화박스로 가서 통화를 시도해보았다. 하지만 여전히 신호가 가지 않았다. 그는 이 나라를 도저히 견딜 수가 없었다. 프런트 직원 녀석을 견딜 수 없었다. 자신의 직업을 견딜 수 없었다. 그의 인생은 완전히 실패였다. 그는 다시 프런트로 갔다. "코알라가 방귀를 뀌어대고 있소!" 프런트 직원은 코알라가 유칼립투스 잎 대신 건과류를 먹고 있기 때문에 소화불량에 걸려 때때로 방귀를 뀌지만, 자기가 코알라 방귀 문제를 어떻게 할 수는 없다고 말했다. 프레드는 말했다. "아, 그래, 어런하시겠어, 이 호텔 책임은 절대로 아니겠지!" 그리고 그는 자기 방으로 올라왔다.

코알라는 여전히 그곳에 있었다. 프레드는 더는 그 녀석을 참고 견딜 수 없었다. 할머니가 수집하던, 열처리로 부풀린 무라노산 유리 문진을 연상시키는 그 녀석의 눈을 더는 견딜 수 없었다. 그는 침대 위로 올라가서 코알라의 양쪽 겨드랑이에 손을 넣어 번쩍 들어올렸다. 녀석의 몸은 부드럽고 따뜻했다. 코알라는 약간 놀라서 그르릉거렸다. 프레드가 창을 열자, 얼음처럼 차가운 빗방울이 그의 얼굴을 사정없이 때렸다. 빌어먹을, 무슨 날씨가 이 모양이야! 이런 데서 사람이 어떻게 살아! 그는 코알라를 빗물받이 홈통 위에 올려놓았다. 코알라는 차가운 물이 몸에 닿자 부들부들 떨면서 창턱에 한쪽 발을 올려놓으려 했다. 하지만 프레드는 재빨리 창문을 닫아버렸다.

프레드는 커튼을 닫고 침대에 누웠다. 평정을 되찾아야 했다.

천천히 숨을 쉬어야 했다. NLP* 수련 때 들었던 내용을 기억해 내야 했다. 그는 잠이 들었다.

---

* 긍정적인 생각은 긍정적인 결과를 낳고 부정적인 생각은 부정적인 결과를 낳는 다는 심리전략 프로그램.

그래서 뭐?

 며칠이 지났다. 두번째 회의 결과는 처음보다 나았다. 그리고 회의에 참석한 사람들 중 하나가 프레드에게 휴대전화를 빌려주었다. 그 휴대전화는 제대로 신호가 떨어졌고, 그래서 그는 아내와 통화를 할 수 있었다. 그의 아들은 이제 기침이 멎었고 아빠를 찾으며 칭얼대고 있다고 했다.

 호텔을 떠나기 한 시간 전 그는 문득 코알라 생각이 떠올라서 창문을 열어보았다. 코알라는 빗물받이 홈통 속에 동그랗게 몸을 말고 있었다. 그는 코알라를 손으로 들어올렸다. 동물의 몸은 차갑고 딱딱했고, 눈은 감겨 있었다.

프레드는 그 녀석을 옷장 위에 올려놓고 호텔을 나와 택시를 잡아탔다.

소심 씨

  소심 씨는 결코 볼품없는 사내가 아니었다. 오히려 외모로 따지자면 키도 훤칠하고 덩치도 건장했다. 그리고 얼굴은 1980년대에 한창 이름을 날린 미국 영화배우 버트 레이놀스를 닮은데다, 그보다 마른 편이라 느끼한 구석도 없었다. 그리고 소심 씨의 눈은 아주 크고 맑고 아름다워서, 그 눈을 보고 있노라면 썰매 끄는 개의 눈이 절로 떠올랐다. 하지만 그가 가진 장점은 그런 외모가 전부였다. 사실 소심 씨의 지능은 평균보다 크게 떨어지는 건 아니었지만, 결코 뛰어나다고도 말할 수 없었다. 그는 세상사를 그다지 잘 이해하지 못했다. 그는 자유주의, 사회주의,

사회민주주의, 기독교민주주의도 제대로 분간하지 못했다. 물리법칙이나 화학법칙, 일반적인 논리학, 언어학에 대해 아는 게 거의 없었고, 심지어 부기의 기초적인 개념조차 이해하지 못했다. 그에게 예술이란 지루하고 쓸데없는 엘리트들의 전유물에 불과했다. 게다가 음악의 역사는 플래터스*의 '유어 암스, 스위트 하모니'라는 소절로부터 시작되었다고 자신있게 주장할 정도였다. 이처럼 그에겐 어딘가 부족하고 바보스러운 면이 있긴 했지만, 그의 인생이 우중충해진 건 그 때문이 아니었다. 그 바보스러움이 그의 가장 심각한 결함인 소심함과 결합되지만 않았더라도 그의 인생이 이 정도로 비참해지지는 않았을 것이다.

소심 씨는 머리가 좀 나쁘긴 했지만, 자기가 소심하다는 걸 모를 정도로 둔하지는 않았다. 아니, 그는 바로 그 소심함 때문에 자신의 인생이 청소년기 이후로 점점 더 뛰어넘기 힘든 장애물 경주가 되어가고 있음을 꽤 일찍부터 깨달았다. 그리고 그는 자기가 서른다섯이라는 적지 않은 나이가 될 때까지 여자 한번 사귀어보지 못하고, 따지고 들 용기가 없어 턱없이 비싼 집세를 꼬박꼬박 물어가면서 초라한 아파트에서 생쥐처럼 혼자 살게 된 건, 자기가 말재간이 없어서도 아니고 외계인에게나 먹혀들 것

---

* 1950~60년대에 대중적인 노래로 폭발적인 인기를 누린 미국의 흑인 혼성 5인조 보컬그룹.

같은 썰렁한 유머를 구사해서도 아니며 자신의 바보스러움(물론 그 자신은 어떤 특정 분야에 한해서만 머리가 잘 돌아가지 않는 거라고 철석같이 믿고 있었다) 때문도 아니라 바로 그것, 소심함 때문이라는 것 역시 잘 알고 있었다.

물론 소심 씨는 숫총각은 아니었다. 그래서 저녁이면 스스로를 위로하거나 용기를 북돋기 위해 자기는 숫총각이 아니라는 말을 혼자 자주 되풀이했고, 거의 이십 년 전 런던으로 수학여행을 갔을 때 첫 경험을 선사해준 여학생의 기억조차 제대로 나지 않는 얼굴을 애써 떠올렸다. 당시 소심 씨는 막 열여덟 살 생일이 지났을 때였다. 그래서 피부는 노간주나무 껍질처럼 울퉁불퉁한데다 얼굴에는 붉은 열매들이 주렁주렁 매달려 있었고, 그 때문에 창피해서 고개도 제대로 들고 다니지 못했다. 그가 속한 그룹에는 여자애가 한 명 있었는데, 파비엔 아무개라는 그 여학생은 입에 마른 풀을 잔뜩 처넣은 염소 같은 얼굴에 몸매는 엘리베이터 케이블처럼 삐쩍 마르고 길기만 한데다, 호르몬이 갑작스레 과다 분비되는 바람에 신체와 정신에 이상이 생겼는지 어딘가 불안정해 보였다. 그녀는 수줍어한다거나 조심스러워한다거나 어색해하는 법이 없었고, 사춘기 소녀에게 어울리는 청순한 매력 따위는 아예 찾아볼 수도 없었다. 그녀에게 남아 있는 거라곤 일종의 신경질적인 광기뿐이었다. 그녀는 항상 난소와 뇌하수체 사이의 어딘가에서 비롯된 히스테리에 사로잡혀 있었다.

그녀와의 뻐꾹새 우는 사연을 간단히 요약하자면, 그날 저녁 소심 씨가 라틴힙합 여가수의 사진들을 펼쳐놓고 자신의 남근에 열심히 광을 내고 있을 때 누군가 그의 방문을 긁어대는 소리가 들려왔다. 그는 화들짝 놀라 재빨리 트레이닝 바지를 꿰어입었다. 하지만 뻔뻔스럽기 그지없는 그 녀석은 수그러들 줄 모르고 현관에 걸어놓은 등불처럼 고개를 뻣뻣이 쳐들고 있었다. 그래서 그는 큼직한 티셔츠를 꺼내입고 옷자락을 가능한 한 아래쪽으로 끌어내렸다. 그때 다시 문 긁는 소리가 들려왔고, 그래서 그는 마침내 문을 열었다. 문을 긁은 장본인은 물론 파비엔이었다. 그리고 물론 그녀는 엉망으로 술에 취해 있었고, 페테르인지 뭔지 소심 씨가 전혀 알지 못하는 어떤 녀석의 이름을 불러댔다. 일은 아주 빠르게 진척되었다. 그리하여 십 분도 채 지나지 않아 소심 씨는 숫총각이 아니게 됐다.

그후로 소심 씨가 그 짧은 순간에 대한 기억을 떠올리지 않고 보낸 날은 단 하루도 없었다. 그는 그 짧은 순간을 한껏 잡아늘이고 이 장면 저 장면에서 화면을 정지시키고 앞으로 되돌려 장면들을 하나하나 철저하게 분석하면서 몇 시간이라도 보낼 수 있었다. 물론 아주 오래전 일이기 때문에 세월이 흐름에 따라 기억도 변질되어 그 상황들이 분명히 수정되거나 재편집되었을 것임을 그도 모르는 바는 아니었다. 게다가 X등급 영화나 포르노 잡지들, 인터넷을 돌아다니며 주워모은 사진들, 컴퓨터가 용량 부족을 호소하며 헉헉거릴 정도로 하드디스크에 빼곡히 저장해놓은 온갖 야동들로 인해 그 순간의 기억이 알게 모르게 덧칠되었을 게 틀림없었다. 하지만 그의 주장에 따르면, 수정이 불가능한 기본 라인, 즉 땀과 뒤섞인 맥주 냄새, 파비엔의 따뜻한 살갗, 송곳처럼 날카롭고 딱딱한 뼈의 감촉, 그리고 혼수상태에 빠진 듯한 그녀의 표정만큼은 원형 그대로 보존되어 있었다.

위클

위클은 주로 중산층이 사는, 비교적 쾌적하고 안락한 동네였
다. 그리고 소심 씨는 그곳의 한 아파트에 살고 있었다. 낡고 어
둠침침하고 꽤나 시끄러운 아파트, 그럼에도 불구하고 직장도
없는 남자가 혼자 살기에는 집세가 만만치 않은 아파트, 앞쪽으
로는 달상베르 대로가 지척에 있고, 뒤쪽으로는 아파트 주민들
이 자기 주차공간을 표시한답시고 갖다놓은 흰색 PVC 박스들이
너절하게 펼쳐진, '코딱지만 한 세 개의 공간이 일렬로 늘어서
있는' 아파트. 만약 누군가 그의 아파트에 방문한다면, 집 안의
황량함에 깜짝 놀랄 것이다. 화분 하나, 자질구레한 장식품 하나

없고, 벽에는 액자 하나 걸려 있지 않았다. 베란다 창에는 압정으로 고정시켜놓은 하얀 침대시트가 커튼을 대신하고 있었고, 소심 씨의 모든 자질구레한 물건은 오래전에 이케아에서 구입한 조그마한 수납장 속에 뒤죽박죽 처박혀 있었다. 또한 그 가상의 방문객은 심하다 싶을 정도로 초라한, 거의 생활보호대상자 수준의 실내와는 전혀 어울리지 않는 필립스 '평면' 16 : 9 와이드 텔레비전, DVD, 홈시어터, 카날 플뤼스* 셋톱박스, 그리고 바로 그 옆에 장엄하게 왕좌를 차지하고 있는 최신형 멀티미디어 컴퓨터를 보고 다시 한번 충격을 받을 것이다. 물론 방문객은 소심 씨가 실내장식 따위에는 전혀 관심 없고, 오로지 텔레비전과 컴퓨터에만 아낌없이 투자하는 유별난 사람이라고 결론을 내릴 수도 있다. 그리고 만약 그가 조금이라도 지각이 있는 사람이라면, 소심 씨의 정서나 인격에 심각한 결함이 있을지도 모른다고 생각할 것이다. 그리고 그의 생각은 틀리지 않으리라. 실제로 소심 씨에게는 문제가 있었다. 그것은 아주 오래전부터 그의 리비도가 정상적으로 해소되지 못한 채 뱅뱅 맴돌고 있느라 결국 어디 있는지조차 제대로 알 수 없게 된 탓이었다. 그의 리비도는 마치 분노를 가누지 못해 우리 안을 맴도는 동물원의 표범과도

---

* 프랑스의 인기 유료 TV 채널. 한 달 시청료가 상당히 비싸다.

같았다. 비록 그 사실을 눈치챈 사람이 아무도 없다 해도, 심지어 그 자신조차 알지 못한다 해도 소심 씨는 이미 접근하기에 상당히 위험한 상태가 되어 있었다.

말하자면, 소심 씨는 포르노 DVD를 빌려 보고 인터넷으로 포르노 사진이나 동영상을 다운받아 보고, 카날 플뤼스에서 틀어주는 포르노 영화들을 보면서 여가시간을 보냈다. 그리고 열여덟 살 때 파비엔과 가진 아주 짧은 성관계, 바로 그게 그의 유일하고도 독자적인 성생활이었다. 그렇다고 소심 씨가 수음만으로 만족하면서 아주 잘 살아가고 있다고 생각해서는 안 된다. 아니, 그는 잘 살아가고 있지 못했다. 언제나 사진이나 동영상을 바라보며 '딸딸이'를 쳐야 한다는 사실 때문에 늘 같은 절망에 빠져 지내는 시간이 길었다. 여자에게 말 한마디 못 붙이고, 심지어 똑바로 보지도 못하고, '피에로 크루아상'의 여자가 커피를 가져다주면 바보처럼 얼굴이 벌게져서 말을 더듬거릴 정도로 소심한 자신에게 혐오감을 느낄 때가 많았다.

소심 씨는 하루 종일 할 일이 거의 없었다. 어떤 때는 GB마트로, 어떤 때는 델하이즈로 가서 쌀, 참치, 국수, 그리고 치아건강을 위해 사과 몇 개, 녹색 채소와 환타 오렌지를 사들고 오거나 동네를 어슬렁거리면서 지나가는 여자들을 힐끔힐끔 훔쳐보았다. 그러다가 자신도 모르는 사이에 어느새 달상베르 대로를 따라 내려가 글로브까지 갔다. 그는 플렉시글라스로 비바람막이 시설을 해놓은 그곳의 전차 정류소에서 등을 구부린 채 전차를 기다렸다. 그리고 전차에 올라타 자리를 잡고 앉아 차창 밖으로 스쳐가는 브루그망 대로의 멋진 집들, 샤를루아 거리의 약간 덜 멋진 집들, 루이즈 가의 멋진 쇼윈도들을 바라보았다. 그리고 나서 전차는 거대한 잿빛 반죽 같은 법원 건물 앞을 지나 마침내 소심 씨의 수치스러운 최종 목적지인 북쪽 구역을 향해 곧바로 돌진했다.

북쪽

맨해튼 프로젝트에 버금가는 대대적인 정화사업으로 인해 화끈한 장소들이 거의 대부분 도심에서 쫓겨나긴 했어도, 여전히 공권력에 대항하며 버티고 있는 거리들, 쇼윈도들, 건물들이 곳곳에 있었다. 소심 씨는 보타니크 정류소에 내려 대성당 방향의 대로를 따라 계속 걸어가다가, 일본 관광객 전용숙소가 되어버린 호텔이 있는 오른쪽 골목으로 접어들어, 지린내 풍기는 다리 아래를 지나 다르슈스코 가 초입에 있는 교각까지 가야 했다.

전차 안에서 소심 씨는 가슴이 콩닥콩닥 뛰고 입 안의 침이 바싹바싹 말랐다. 그는 용기를 그러모으려 애썼다. 마음속으로 똑

같은 말을 계속 되풀이했다. "상관없어, 이번에는 꼭 갈 거야. 다른 사람들도 다 하는 건데, 뭐. 젠장, 이건 불법도 아니잖아. 남자라면 누구나 가는 곳이야. 그런데 뭐가 걱정이야……" 그는 앞주머니에 1유로짜리 동전 다섯 개, 그리고 '만약의 경우를 대비해' 뒷주머니에 5유로짜리 지폐 석 장을 준비해두었다. 하지만 그토록 세심하게 컨디션을 조절하고 동전과 지폐까지 꼼꼼하게 준비한데다 엄청난 욕구가 용솟음쳤음에도 불구하고, 소심씨는 두 핍쇼클럽 중 어느 한 곳도 선뜻 문을 밀고 들어가지 못했다. 그는 그 앞을 지나쳤다가 되돌아오고 또다시 지나쳤다 되돌아오기를 반복했다. 한 번, 두 번, 세 번, 실패할 때마다 온갖 욕설을 내뱉으면서. 그렇지만 좀처럼 미련을 버릴 수가 없었다. 그래서 그는 궁여지책으로 역 주변의 후미진 골목으로 성큼성큼 걸어가, 쇼윈도 안에 앉아 지나가는 사람들에게 추파를 던지고 있는 속옷 차림의 여자들을 훔쳐보았다.

그리고 그는 다시 전차를 탔다. 집으로 돌아가기 위해 전차를 탈 때쯤이면 대개 해가 저물기 시작했고, 전차 안에는 학교를 파한 십대 아이들이 괴성을 질러대며 그를 밀쳐댔다. 그는 집으로 곧장 달려와 쌀밥과 참치, 그리고 치아건강을 위해 사과를 먹고 난 다음 환타 오렌지로 입가심을 하고, 모니터 앞에 앉아 재빨리 수음을 하고는 침대에 몸을 던졌다. 뱃속에 뿌리를 내린 바오밥

나무만큼이나 커다란 슬픔을 안은 채.

피에로 크루아상

소심 씨의 음산한 아파트에서 대략 오 분 거리에 있는 달상베르 대로에는 그가 천국이 있다면 바로 이런 곳이리라 생각하는 곳이 있었다. 피에로 크루아상 분점이 바로 그곳이었다. 그는 매일 아침 아홉시나 열시쯤에 일어나 샤워를 하고, 머리를 빗고, 욕실 거울에 비친 자신의 영화배우 같은 얼굴을 보면서 자신감을 불어넣은 후 그곳으로 아침식사를 하러 갔다. 그 음식점의 '얼굴 찡그리는 여자'가 서빙해주는 2유로 50짜리 아침식사 세트메뉴. 커피와 쿠크 과자와 오렌지주스. 소심 씨는 '얼굴 찡그리는 여자'에게 DVD나 잡지 또는 컴퓨터에 저장해둔 야동을 보면서 느끼는 순수하고 단순한 욕망과는 다른, 훨씬 더 복잡하고 미묘한 감정을 느꼈다. 그 자신도 이해하기 어려운 감정이었다. 이따금씩 흉골이 불에 타들어가는 듯 욱신거리는 기관협착증 비슷한 감정, 그를 한없는 기쁨에 사로잡히게 하기도 하고 아주 깊은 절망에 빠뜨리기도 하는 감정, 요컨대 그 감정은 소심 씨가 사랑이라고 생각하는 감정의 특징들을 웬만큼 갖추고 있었다.

그러므로 소심 씨는 '얼굴 찡그리는 여자'를 사랑하고 있다고 말할 수 있었다. 아닌 게 아니라 그는 꽤 여러 달 전부터 '얼굴 찡그리는 여자'에게 푹 빠져 있었다. 그래서 주말만 빼고 매일같이 그곳으로 출근해 얼굴을 붉히면서 2유로 50짜리 아침식사를 주문했다. 소심 씨는 일단 전략적으로 위치가 좋은 테이블에 자리를 잡고 나서, '얼굴 찡그리는 여자'의 예쁜 얼굴, 근사한 팔, 그리고 피에로 크루아상의 유니폼인 티셔츠 위로 (소심 씨의 표현대로 하자면) "완전무결하게 매력적으로" 봉긋 솟아오른 예쁜 가슴을 흘끔흘끔 쳐다보았다. 물론 '얼굴 찡그리는 여자'는 소심 씨의 그런 수작을 훤히 꿰뚫고 있었다. 그녀는 아침마다 혼자 식사를 하러 오는 남자가 꽤 잘생기긴 했지만, 한마디 말도 없이 구석 자리에 앉아 썰매 끄는 개같이 이상한 눈으로 자기를 흘끔거린다는 사실을 진작부터 눈치 채고 있었다. 물론 누군가 자기를 곁눈질한다 해서 특별히 싫을 건 없었다. 아니, 처음 얼마 동안은 즐겁기까지 했다. 하지만 하루이틀도 아니고 매일 아침 똑같은 녀석이 자기를 홀끔거리며 쳐다본다는 건 짜증스러운 일이었다. 더욱이 그녀는 녀석이 어딘가 정상이 아니라는 것, 그에겐 분노로 우리 안을 맴도는 표범을 연상시키는 수상쩍은 구석이 있어 경계를 늦추지 말아야 한다는 것을 여자의 직감으로 분명히 느낄 수 있었고, 그 때문에 신경이 몹시 거슬렸다. 그래서 소심 씨가 가게로 찾아올수록 '얼굴 찡그리는 여자'는 더욱더 얼굴을 찡그렸고, 그럴수록 소심 씨는 어떤 이상야릇한 연금술에 의해 더욱더 그녀를 사랑하게 되었다.

슈퍼마켓 사건

슈퍼마켓 사건은 소심 씨의 인생을 완전히 바꿔놓았다. 그런데 이성적으로 생각해보면, 만약 소심 씨가 십 분 더 늦게, 혹은 십 분 더 일찍 델하이즈로 쌀, 참치, 사과, 환타를 사러 가기로 마음먹었더라면, 혹은 '얼굴 찡그리는 여자'가 알 수 없는 충동에 그날따라 뜬금없이 점심시간에 델하이즈로 화장솜, 향신료, 머리염색약을 사러 갈 생각을 하지만 않았더라도 그 사건은 일어나지 않았을 것이고, 따라서 그날의 일은 대단한 사건이 아니라 대수롭지 않은 일상에 지나지 않았을 것이다. 사실 외부적 관점에서 보면 그건 전혀 관심을 끌지 못할 사건이었다. 자, 사건은 향신료 코너에서 일어난다. 소심 씨는 빈 카트를 천천히 밀면서 향신료 코너로 간다. 그때 갑자기, 1미터 전방에서 '얼굴 찡그리는 여자'가 바닐라 스틱을 구경하고 있는 게 보인다. 그는 계속 카트를 밀면서 앞으로 나아간다. 여자가 고개를 든다. 그리고 그와 시선이 마주치자, 즉시 바닐라 스틱으로 눈길을 돌린다. 소심 씨는 그녀를 스치고 지나간다. 외형적으로 드러난 사건의 전말은 그게 다였다.

하지만 만약 어느 방문자, 어쩌면 조금 전에 소심 씨의 아파트를 구경했던 그 방문자가 그 순간 소심 씨의 의식 속으로 스며들어갈 수 있었다면, 그래서 소심 씨의 의식 가운데 그다지 호의적이지 않은 어떤 영역에 두 발 모아 착륙을 했더라면, 그는 그 순간 일어난 일이 소심 씨에게 일종의 인식론적 전환, 일종의 계몽 혁명, 일종의 신대륙 발견, 일종의 코페르니쿠스적 전환, 간단히 말해 엄청난 사건, 런던에서 파비엔과의 섹스 이후로 가장 중대한 사건이었음을 분명히 알아차렸을 것이다. 소심 씨 자신이 방금 일어난 사건의 의미를 깨닫기까지는 일 초가 걸렸다. '얼굴 찡그리는 여자'는 그를 무시했다. 인사말도, 미소도, 눈썹의 떨림도, 아무것도 없었다. 방문자는 그 순간 자기가 방문한 의식의 지평에서 일어나는 소리 없는 으르렁거림을 분명히 감지했을 것이다. 마치 기병대의 돌격 같은. 뿐만 아니라 먹구름이 시커멓게 일어나는 광경도 보았을 것이다. 소심 씨 뇌리의 밑바닥, 찾아가 본 적도 거의 없고 별로 추천하고 싶지도 않은 지대들, 그 가련한 방문자로서는 아무도 살고 있지 않기를 내심 바랐을 게 분명한 그 지대들에서 차갑고 매서운 바람이 휘몰아쳐 소심 씨의 우주에 푸석푸석한 먼지가 일어나는 장면을 목격했을 것이다. 그러고 나서 방문자는 그 음산한 대척지들에 살고 있는 모든 거주자들이 자신처럼 그 바람에 실려왔음을 깨닫고는 머리칼이 쭈뼛섰을 것이다. 가장 사악한 생각들, 가장 메스꺼운 욕망들, 가장 뒤틀린 충동들, 가장 파렴치한 욕구들, 요컨대 아름다운 세상과는 전혀 인연이 없는 그 거주자들은 얼마나 머무를지조차 불분명한 상태로 아름다운 풍경 한가운데 텐트를 치거나 구멍을 파고 자리를 잡았다. 방문자가 행여 살아서 그곳을 빠져나온다면, 그는 분명 그후로 다시는 방심하지 않을 것이다.

소심 씨는 카트에 담아온 물건들을 서둘러 계산하고 집으로 돌아왔다. 그리고 침대에 앉아 불끈 쥔 주먹으로 두 눈을 누르면서 오열했다. 그는 그렇게 한 시간도 넘게 꼼짝도 않고 앉아 있다가, 마침내 자리에서 일어났다. 그의 눈은 두 알의 무화과처럼 퉁퉁 부어올라 있었다. 그는 세수를 하고 환타 오렌지를 한꺼번에 거의 반병이나 들이켜고는, 창가로 가서 밖을 내다보았다. 어떤 거지발싸개 같은 얼간이 자식(소심 씨의 표현대로)이 빈 자리에 주차를 하고 있었다. 하늘이 새카만 칠판 같았다. 그는 거기다 '창녀촌, 색골, 갈보'라고 썼다. 그리고 거대한 남근과 알몸의 여자를 그리고 나서 그 위에 붉은 줄을 북북 그었다. 그는 미소를 지었다. 피곤했지만 행복했다. 그는 자신이 달라졌다고 느꼈다.

첫걸음

그다음 날, 소심 씨는 다시 북부행 전차를 탔다. 이제 그는 입
안이 바싹바싹 마르지도, 손이 축축해지지도 않았으며, 심지어
동전과 지폐를 준비해놓지도 않았다. 그는 자신 있었다. 눈을 부
릅뜨고 똑똑히 지켜볼 참이었다. 소심 씨는 보타니크 대로를 따
라 내려갔다. 오후 한시였다. 하늘은 답답한 잿빛 막으로 뒤덮여
있었고, 날씨는 무더웠다. 오염 물질들이 콧구멍 높이에서 떠돌
고 있었다. '이노베이션' 건설현장의 일꾼들이 무릎에 점심을
올려놓고 줄줄이 앉아 있었다. 소심 씨는 일본인 전용 호텔에서
방향을 틀어 지린내가 코를 찌르는 다리 아래를 지나 팝쇼클럽

의 네온 간판들이 늘어서 있는 곳을 향해 곧장 나아갔다. 한 치의 망설임도 없이.

대형 유리문이 스르르륵 소리를 내면서 자동으로 열렸다. 소심 씨는 그것을 길조로 받아들였다. '라디오 콩탁트' 채널의 음악 소리가 귀청을 찢을 듯한 기세로 울려대고 있었다. **쿵짝, 쿵짝, 쿵짝.** 사방에 표백액 냄새가 진동했다. 통로를 사이에 두고 양옆으로 비디오 룸이 죽 늘어서 있었다. 하지만 소심 씨는 비디오 룸에는 눈길조차 주지 않았다. 그런 비디오들이라면 이미 훤히 꿰고 있었다. 그는 몸집이 거대한 자이레 남자에게 다가갔다. 남자는 유리상자 안에서 지겨워 죽겠다는 표정을 짓고 있었다. 소심 씨는 5유로짜리 지폐 석 장을 지갑에서 꺼내 유리 틈으로 밀어넣었다. 남자는 모니터들을 계속 감시하면서 기계적으로 코인 열다섯 개를 집어 틈새로 밀어주었다. 소심 씨가 발길을 옮기자, 자이레 남자가 마이크에 대고 떠드는 목소리가 스피커를 통해 울려퍼졌다. "자, 그럼 엔트리 넘버 8, 매력적인 레일라 아가씨, 준비해주세요. 모델 교체, 엔트리 넘버 8. 손님들이 기다리고 계십니다." 그리고 잠시 잦아들었던 음악 소리가 다시 높아지기 시작했다. **쿵짝, 쿵짝, 쿵짝.** 소심 씨는 가벼운 현기증이 일어 비틀거렸다. 그는 천국에 와 있었다. 아니, 천국보다 더 좋은 곳이었다. 천국 위의 천국. 액자 속에 든 여자 사진에는 각각 번호가 붙어 있었다. 8번은 미소를 짓고 있는 아담한 체구의 금발이었다. 소심 씨는 룸 앞으로 가서 손잡이를 당겼다. 그리고 어둠 속에서 코인 주입구를 찾아 첫번째 코인을 밀어넣었다.

그후로 일어난 일들은 레일라, 소심 씨, 그리고 다른 룸에 처박혀 있던 두세 명의 대머리들에게만 해당되는 이야기다. 소심 씨는 코인을 다 쓰고 난 다음에야 그곳에서 나왔다. 그의 마음은 머랭 과자만큼이나 가벼웠고, 활력이 넘치는 것 같았다. 집으로 돌아온 그는 알몸으로 거울 앞에 서서 자기가 진짜 사내처럼 보인다고 생각했다. 설사 머리가 돌았다 할지라도, 그는 분명히 남근과 체모가 있는 진짜 사내였다. 그는 연달아 두 번 수음을 했다. 그리고 옷을 입고 피에로 크루아상으로 갔다. '얼굴 찡그리는 여자'는 카운터에 있었다. 그곳에도 핍쇼클럽에서처럼 '라디오 콩탁트'의 쿵짝, 쿵짝, 쿵짝이 흘러나오고 있었다. 그는 그녀에게 "안녕하세요?"라고 인사했다. 그녀는 고개를 들고는 "아, 네" 하고 대답하고 그가 주문하기를 기다렸다. 하지만 그는 아무 것도 주문하지 않았다. 그는 한동안 미소를 지은 채 그녀를 바라보고만 있었다. 그녀는 점점 더 얼굴을 찡그렸다. 빌어먹을, 그가 아주 좋아하는 표정이었다. 그는 한순간 그녀가 자기 앞에서 발가벗은 채로 춤추는 모습을 상상했다. 그리고 말했다. "자, 이만 가봐야겠군요. 그럼 내일 다시?" 여자는 대답하지 않았다. 그녀는 그런 정신 나간 녀석들을 잘 알고 있었다. 그리고 지금 눈앞에 바로 그런 인간들의 전형적인 표본이 있었다. 그녀는 멀어져가는 그의 뒷모습을 보았다. 왠지 모를 우울한 기분이 가볍게 그녀를 휘감았다가 이내 사라졌다. 그녀는 가게 문을 닫기 전에 쿠크와 고제트 파이, 불 드 베를랭*을 정리해야 했다.

* 쿠크는 생강이 든 북프랑스 및 벨기에식 과자, 고제트는 벨기에에서 먹는 반달 모양의 과일파이, 불 드 베를랭은 일종의 도넛으로, 안에 커스터드 크림이나 잼 등을 넣는다.

엔트로피 증가법칙과 산일구조

만약 우리의 방문자가 아무도 모를 어떤 이유 때문에, 그 순간 소심 씨의 머릿속에서 무슨 일이 일어나고 있는지 보고 싶다는 생각에 다시 한번 그 의식의 거친 표면에 두 발 모아 착륙을 했다면, 전혀 예기치 못한 기이한 광경에 충격을 받았을 것이다. 조금 전까지만 해도 정복지로 돌아오는 전사들처럼 기고만장했던 대척점의 거주자들은 지금은 오히려 조용했고, 여전히 파렴치하고 추잡하긴 했어도 상냥해졌으며, 여전히 악취를 풍겼지만 자신의 텐트와 구멍 속에 제대로 자리를 잡고 있었다. 그 모든 추악한 쓰레기들이 그곳에서 편안함을 느끼고 있었다. 그것들은 이제 자신들이 그곳에 있는 게 당연하다고 생각하면서 제멋대로 굴고 있었다. 만약 방문자가 직관이라는 것을 조금이라도 가지고 있다면, 이제는 무슨 수를 쓴다 해도 그것들을 떠나게 할 수 없음을 깨닫고 끔찍한 두려움에 사로잡힐 것이다. 소심 씨의 영혼 밑바닥에서 떠오른 그 쓰레기들은 땅바닥에 단단히 엉덩이를 붙이고 있었다.

소심 씨는 아파트에 틀어박혀 수음을 하고 거울 속에 비친 자기 모습을 보면서 며칠을 보냈다. 그러고 나서 이제 준비가 되었다고 느낀 그는 다시 달상베르 대로로 내려갔다. 그는 소니 센터 앞을 지나갔다. '라디오 콩탁트'의 음악 소리가 최대 볼륨으로 흘러나오고 있었다. 쿵짝, 쿵짝, 쿵짝. 그 소리를 듣자 그의 페니스가 발기하기 시작했다. 그는 전차를 탔다. 여자들을 마음대로 구경하기 위해 뒷자리에 앉았다. 그는 마초들의 왕이었고, 여자들은 모두 창녀였다. 그러므로 (소심 씨 왈) 그는 그 모든 여자들을 일렬종대로 세워놓고 차례차례 성교를 할 수도 있었다. 엉덩이가 작은 년과 엉덩이가 푸짐한 년, 빼빼 마른 멸치와 살찐 암소, 덩치가 크고 약삭빠른 년과 덩치가 작고 멍청한 년, 그 모든 계집들을 차례차례 해치울 자신이 있었다.

그는 보타니크 대로로 다시 내려갔다. 하늘은 페인트로 칠한 것처럼 부자연스러운 파란색을 띠고 있었다. 차들은 대기 속에

일산화탄소를 내뿜으면서 전속력으로 그의 옆을 스칠 듯이 지나
갔다. 저 멀리, 퀘켈베르그 공회당의 터키 식 돔이 거대한 가전
제품처럼 보였다. '이노베이션'의 노동자들은 아직도 휴식을 취
하고 있었다. 그들의 피부는 새카맣게 그을려 있었지만, 공사는
손톱만큼도 진척되지 않았다. 소심 씨는 왼쪽으로 돌았다. 엄청
난 수의 일본인들이 호텔에서 몰려나와 행복해 미칠 것 같다는
표정을 지으며 사방으로 흩어졌다. 마침내 그는 쇼윈도들이 늘
어서 있는 맞은편 거리로 가서 역 반대 방향으로 성큼성큼 걸어
갔다.

여자들은 그가 뭘 원하는지 대번에 알아차렸다. 그녀들은 쇼
윈도 안에서 그에게 추파를 던졌다. 하지만 그는 서두르지 않았
다. 그는 정말로 멋진 여자를 원했다. 특히 난쟁이 똥자루같이
생긴 여자는 절대 사절이었다. 그는 동유럽계 금발머리 앞을 몇
번 왔다갔다했다. 여자는 몸매만큼은 정말 환상적이었지만, 얼
굴에 반점 같은 게 있었다. 그는 그게 영 꺼림칙했다. 걸음을 옮
겨 거리 끄트머리에 있는 전차 정류소 부근에 이르렀을 때, 마침
내 그는 의자에 앉아 있는 갈색머리 여자를 발견했다. 여자는 아
주 다정한 미소를 지으면서 가볍게 고갯짓을 했다. 소심 씨는 길
을 건넜다. 주변의 모든 것이 일시에 사라지고, 쇼윈도와 자신
외에는 아무것도 존재하지 않는 것 같았다. 그는 유리창 바로 앞

까지 다가가 여자에게 미소로 답하려 했다. 하지만 생각과는 달리 찡그린 표정이 되어버렸다. 여자가 의자에서 일어나 그에게 문을 열어주었다.

소심 씨는 생각했다. '젠장, 해냈어! 이거, 기분이 묘한걸? 내가 지금 창녀 집으로 들어가고 있다니!' 여자가 그에게 말했다. "안녕, 후이어 아본트."* 여자는 2개 국어를 구사하는 근사한 슈퍼 프로급 호스티스 같았다. 소심 씨는 자기가 제대로 골라잡았다고 생각했다. 한구석에 키 작은 노파 하나가 개를 데리고 앉아 있었다. 노파는 주위에서 일어나는 일에 전혀 관심을 기울이지 않는 듯했다. 저 노파 역시 슈퍼 프로급이군, 소심 씨는 생각했다. 그래서 그는 모두에게 안녕하세요, 라고 인사했다. 여자는 그를 안으로 데리고 가서 화대에 대해 친절하게 설명해주었다. 그는 중간 가격을 선택했다. 여자는 그에게 "마음 푹 놓고 편하게 있어"(그 여자의 표현을 그대로 옮기자면)라고 말하고는 잠시 사라졌다 이내 다시 나타났다. 그가 들어간 작은 방에는 혈색이 좋아 보이게 하는 자외선램프가 켜져 있었고, 소파와 작은 서랍장 하나가 좁은 방을 꽉 채우고 있었다. 그리고 서랍장 위에는 다양한 색깔의 기름방울들이 올라갔다 내려갔다 하는 신기한 물

---

* 네덜란드어로 저녁인사.

건이 놓여 있었다. 조그만 라디오에서 '라디오 콩탁트'가 낮게 울려퍼지고 있었다. 쿵짝, 쿵짝, 쿵짝. 그 음악을 듣자 소심 씨의 페니스가 발기하기 시작했다.

그때 일어난 일은 2개 국어를 하는 여자와 소심 씨, 그리고 서랍장 위에 놓여 있던 그 신기한 물건만이 알고 있다. 소심 씨가 다시 거리로 나왔을 때, 우주 전체가 달라진 것 같았다. 그는 왕이 된 기분이었고, 다른 모든 사람들이 신하처럼 여겨졌다. 브라방 거리의 터키인들, 경찰들, 버스 운전사들 모두가 그의 신하들이었다. 그는 왕이었다. 그러므로 원하기만 하면 그 여자의 집으로 즉시 돌아가 하고 싶은 대로 할 수 있었다. 이제 아무런 문제도 없었다. 이제부터 그는 하고 싶을 때면 언제라도 여자와 섹스를 할 수 있었다.

그는 전차를 타고 싶지 않았다. 걷고 싶었다. 고개를 꼿꼿이 세우고 가슴을 쫙 펴고. 왕처럼 당당하게. 그는 뇌브 가로 접어들었다. 세상에서 가장 우울한 거리, 엄청나게 진한 화장을 하고 몸에 찰싹 달라붙는 바지를 입은 나이 어린 모로코 계집아이들이 득실대는 거리. 그가 보기에 그런 여자아이들은 사내아이들이나 다름없었다. '라디오 콩탁트'에서 틀어주는 음악이 모든 가게에서 동시에 흘러나오고 있었다. 쿵짝, 쿵짝, 쿵짝. 소심 씨 앞쪽에 어떤 여자가 혼자 걸어가고 있었다. 소심 씨는 여자의 엉

덩이가 엄청나게 매력적이라고 생각했다. 그래서 모네 쇼핑센터
까지 그 여자를 따라갔다. 그녀는 아랑베르 가의 생위베르 갤러
리 앞에 멈춰 서서 버스를 기다리기 시작했다. 소심 씨의 시선은
그녀의 엉덩이에 달라붙어 있었다. 그는 왕이었다. 자기가 원하
는 것은 뭐든 할 수 있었다. 그는 그 매력적인 엉덩이를 뒤쫓아
버스를 탔다. 그리고 그녀의 맞은편 좌석에 앉았다. 그들의 무릎
이 서로 맞닿았다. 여자의 눈은 정말로 근사했다. 칠흑처럼 새카
만 눈. 피부도 완전무결했다. 하지만 여자는 그에게 미소를 짓지
않았다. 그녀는 피에로 크루아상의 여자처럼 찡그리고 있었다.
여자는 오데르겜 매장 앞에서 내렸다. 소심 씨도 따라내렸다. 그
는 왕이었다. 그는 좁은 골목까지 여자를 뒤따라갔다. 3미터 정
도 떨어져서, 아니 어쩌면 그보다 더 가까이 그녀 뒤에 바싹 붙
어서. 그녀는 한두 번 뒤를 돌아보더니 점점 더 빠르게 걸었다.
해가 지고 있었다. 하지만 그는 분젠버너 주둥이만큼이나 달아
올랐다. 여자의 발소리가 보도를 울리고 있었다. 탁, 탁, 탁, 탁,
탁, 탁. 그녀는 거의 달리다시피 했다. 소심 씨 역시 탁, 탁, 탁,
탁, 탁, 탁. 한순간 그는 그녀의 머리칼을 붙잡으려 했다. 여자가
비명을 질렀다. 아주 크고 날카로운, 마치 마르모트가 내지르는
듯한 비명이었다. 소심 씨는 손을 거두어들였다. 창문에서 누군
가 얼굴을 내밀었다. 앞치마를 입은 왜소한 노파였다. 삐뽀, 삐

뽀, 삐뽀. 빨간 불빛이 깜박이면서 그의 머릿속에서 경보시스템이 작동되기 시작했다. 그는 즉시 몸을 돌려 오데르겜 매장으로 되돌아와 위클 방향의 버스를 탔다. 온몸이 화끈거렸다. 누군가 그의 뇌를 엄청난 똥 무더기와 함께 믹서에 넣고 갈아버린 듯한 느낌이었다. 그는 달상베르 대로에 도착했다.

그는 집으로 들어가기 전에 피에르 크루아상에 들렀다. '얼굴 찡그리는 여자'가 문을 닫고 있었다. 2개 국어를 구사하는 창녀와 끝내주는 엉덩이를 가진 여자 이야기를 그녀에게 들려주고 싶었다. 그녀에게 자기가 왕이라는 것을, 누구에게든 자기가 원하는 일을 시킬 수 있다는 것을 말해주고 싶었다. 하지만 여자의 얼굴은 벽보다 더 냉담했다. 무슨 소리든 전혀 들을 기색이 아니었다. 그는 진열창 너머로 여자가 크루아상과 빵과 피자를 정리하는 모습을 보았다. 여자 역시 그를 보았다. 힐끗, 무표정한 얼굴로. 그는 그녀가 일부러 시간을 끌고 있다는 것을 잘 알고 있었다. 가게 문을 닫고 집으로 돌아갈 수 있도록 그가 빨리 사라져주기를 간절히 기다리고 있다는 것을. 하지만 아무리 기다려도 그가 사라져주지 않았기 때문에, 그녀는 하는 수 없이 밖으로 나왔다. 그를 못 본 척 외면하면서. 그는 왕이었고, 모든 사람은 그의 신하였다. 그 사실은 의심의 여지가 없었다. 그는 집으로 돌아왔다.

전기분해와 침전

　만약 우리의 방문자가 소심 씨의 뇌 속에 펼쳐진 적대적인 영역들을 다시 탐사하러 떠날 결심을 했다면, 이전의 탐험들을 거울 삼아 철저한 준비를 했을 거라 가정해볼 수 있다. 방문자는 그 지대에 휘몰아치는 매서운 바람과 황량한 추위로부터 몸을 보호하기 위해 방한복을 갖추어 입었으리라. 그리고 새로운 정복자들의 잔학성에 대비해 철저하게 무장했을 것이다. 그리고 아내와 자식들에게 별일 없을 테니 기다리지 말라면서, 그래도 열두 시간이 지난 후에도 자기가 돌아오지 않으면 구조요청을 하라고 당부했을 것이다. 만반의 준비를 갖춘 우리의 방문자는 쓰레기 더미 같은 지대에 두 발을 모으고 착륙하자마자, 그처럼 철저하게 준비해온 게 아주 현명했음을 알아차릴 것이다. 그곳의 추위는 이전보다 훨씬 더 혹독해지고, 그곳의 바람은 커터 칼날보다 예리할 것이다. 그럼에도 그곳의 거주자들은 조금도 불편해하지 않을 것이다. 오히려 영하 200도 기온에 불알이 얼어버리는 게 재미난 일이라며 깔깔댈 것이다. 심지어 추위를 기념하기 위해 축제마저 벌일 것이다. 방문자의 뇌 속에 지능이라는 것이 지푸라기 한 올만큼이라도 있었다면, 그 추위가 모든 작은 해충들도 함께 데려왔다는 사실, 그리고 그처럼 지독한 추위가 바로 해충들이 가장 좋아하는 기후이며 추위가 심해질수록 그것들이 더 왕성하게 번식하고, 또한 그 수가 늘어날수록 날씨가 더 추워진다는 사실을 알아차릴 것이다. 그 지대에 들끓는 온갖 더러운 쓰레기들 가운데서 방문자는 소심 씨 아버지의 개기름이 줄줄 흐르는 얼굴, 소심 씨 어머니의 고름 냄새 풍기는 얼굴, 그리고 파비엔의 평범한 얼굴을 알아볼 것이다. 그래서 방문자는 슈퍼마켓 사건 이후로 소심 씨의 머릿속에서 존경할 만한 것은 거의 찾아볼 수 없게 되었다고 생각할 것이다.

소심 씨는 쿠스토*의 영화를 보면서 저녁시간을 보냈다. "칼

---

* 프랑스 해군 장교, 해저탐험가, 해양학자, 환경운동가이자 다큐멘터리 영화감독. 책과 영화, 텔레비전 프로그램 등을 통해 해양환경연구를 대중화했다.

립소 호가 적도의 뜨거운 바다를 떠나 극지방을 향해 나아갑니다. 탐사단은 이제 빙산 문제를 해결할 방법을 찾으려 애씁니다. 이 계절의 빙산은 바다를 탄광지대만큼이나 위험한 곳으로 만들기 때문이죠." 그는 영화가 마음에 들었다. 물고기들과 해초들을 보고 있으니 기분이 상쾌해졌다. 그는 텔레비전을 끄려다가 MTV로 채널을 돌렸다. 쿵짝, 쿵짝, 쿵짝. 사내아이들과 창녀들로 가득 찬 뮤직비디오. 소심 씨는 거울을 들여다보았다. 변함없이 제자리에 붙어 있는 남근과 체모. 왕은 진정한 남자임이 분명했다. 그는 잠들기 전에 돈 계산을 해보았다. 2개 국어 하는 여자와 아직 두 번은 더 만나도 쪼들리지 않을 것 같았다. 좋았어, 아주 좋아. 그는 대리석처럼 단단한 꿈을 꾸었다.

그다음 날, 그는 눈을 뜨자마자 2개 국어를 구사하는 여자에게 바칠 자금 중 1회분을 오늘 당장 사용해야겠다고 생각했다. 그는 잠시 침대에 그대로 누워 그녀와의 섹스를 상상하면서 이번에는 좀더 천천히, 여유를 가지고 마음껏 즐기겠다고 다짐했다. 돈을 들인 만큼 완전히 본전을 뽑고 싶었다. 그는 그 여자가 알고 있는 남자들 중 자기가 가장 테크닉이 좋고 물건도 가장 큰 남자임이 틀림없으며, 그녀가 운이 좋은 덕분에 자기 같은 최고의 남자에게 걸린 거라고 생각했다. 그는 빠른 동작으로 옷을 입었다. 청바지와 스웨터, 낡은 나이키 운동화. 그러고는 곧장 미스터 캐시*로 달려갔다. 그는 필요한 금액을 인출한 후 잔고를 확인해보았다. 그는 분명히 부자는 아니었다. 망할놈의 실업자 신세. 돈만 더 많았어도 이 세상 모든 콜걸을 불러 한 번씩 할 수 있을 텐데. 시간이 아직 일렀다. 그래서 그는 (소심 씨의 표현대로 하자면) "그녀를 약간 난처하게 만들기 위해" 피에로 크루아상에 가서 자리를 잡고 앉았다. 그는 늘 앉던 자리에 앉아 여자를 쳐다보지도 않고 그곳에 뒹굴고 있는 〈블랑〉**을 집어들고 대충 훑어보았다. 그가 멋지게 한방 먹였다. 그는 그녀를 난처하게 만들었다. '불쌍한 멍청이 년.' 그는 생각했다. '한 시간 후면 난 어떤 여자와 뒹굴고 있을 거야. 그런데 넌 여기서 구질구질하게 접시나 나르고 있겠지.' 그는 '얼굴 찡그리는 여자' 때문에 기분이 점점 더 좋아졌다.

〈블랑〉을 붙잡고 한 시간쯤 뒤적거리는 동안 그는 한 마디도 하지 않았다. 물론 주문도 하지 않았다. 여자는 아무렇지도 않은 듯이 행동했다. 시간이 빠르게 흘러갔다. 그가 우연히 펼친 페이지에 여권도 신분증도 없이 매춘행위를 하는 어린 여자아이들에 관한 르포 기사가 실려 있었다. 주로 아시아나 아프리카에서 온 이 소녀들은 많은 돈을 벌 수 있다는 직업소개소 광고에 현혹되어 유럽으

---

* 벨기에의 현금카드 자동지급기.
** 브뤼셀의 주간 신문.

로 왔다. 그러나 그 직업소개소들은 마피아와 연계되어 있는 곳들로, 마피아 매춘조직은 직업소개소들을 통해 소녀들을 유럽으로 데려와 유럽 각지의 거리로 내보내고 있다. 이 소녀들의 여권은 대부분 위조된 것이며, 마피아들은 이들의 탈출 의지를 꺾어놓기 위해 구타하고 강간하여 이 도시 저 도시로 끌고 다닌다. 그래서 소녀들은 자신이 어디에 와 있는지조차 모르는 경우가 대부분이다. 기사에는 사진도 함께 실려 있었다. 자동차 헤드라이트 불빛을 받으며 벽에 늘어서 있는 여자들의 사진이었다. 소심 씨의 페니스가 갑자기 들고 일어나기 시작했다. 이제 2개 국어를 구사하는 창녀를 만나러 갈 생각이 없어졌다. 신분증 없는 여자들을 만나러 가고 싶었다. "두들겨 패고 강간하여"라는 글귀가 그의 마음을 사로잡았다. 그는 최고의 남자였다. 그는 왕이었고, 다른 모든 사람들은 그의 신하였다.

소심 씨의 머리가 아무리 둔하다 해도 신분증 없는 여자를 만나러 가기 위해서는 반드시 차가 있어야 한다는 것, 그건 2개 국어를 구사하는 창녀를 만나러 가는 것과는 다르다는 것 정도는 충분히 알 수 있었다. 소심 씨는 주머니에 넣어둔 예금 잔고 명세표를 꺼냈다. 5백 유로. 그의 전재산이었다. 그는 잠시 머리를 굴렸다. 그러고 나서 집에서 멀지 않은 스탈 거리 초입에 있는 자동차 정비소에서 가끔씩 중고차를 판다는 사실을 기억해냈다.

그는 '얼굴 찡그리는 여자'에게 눈길 한번 주지 않고 피에로 크루아상에서 나와 정비소로 달려갔다. 양손에 시커멓게 기름이 묻은 뚱뚱한 남자가 그에게 중고 피아트 판다를 375유로에 주겠다고 말했다. 주행거리 15만 킬로미터. 서스펜션 때문에 차량검사에서 불합격 판정을 받은 차였다. 따라서 아주 조심스럽게 운전해야 했다. 하지만 배터리는 새 것이었다. 소심 씨는 남자와 말씨름을 하지 않았다. 그가 차를 사려는 건 자동차 경주가 아니라 섹스를 하기 위해서였다. 그는 375유로를 현금으로 지불한 후, 자기 소유가 된 고물차의 핸들을 잡고 출발했다. 차는 머플러에 구멍을 뚫은 오토바이 같은 소리를 냈다. 하지만 굴러가는 데는 큰 문제가 없었다. 기분이 좋아진 그는 당장 신분증이 없는 여자들을 찾아나서고 싶어졌다. 그는 운하 오른편에 있는 작은 터널들을 지나 마르티니 타워를 돌아나왔다. 〈블랑〉지의 기사에서는 알베르 2세 대로변에 여자들이 있다고 했다. 난민 신청자들과 무국적자들을 위한 보호소에서 몇 발짝 떨어진 곳에. 아직은 벨가콤* 직원들과 공무원들이 가끔씩 오갈 뿐 인적이 거의 없었다. 날이 어두워질 때까지 기다려야 했다. 하지만 상관없었다. 소심 씨에게는 시간이 아주 많았으니까. 그는 부르케르 광장

---

* 벨기에 국영 통신회사.

의 UGC 영화관 앞에 주차하고 건물 안으로 들어갔다. 거기서 그는 로맨틱 코미디 영화를 한 편 보고, 이어서 액션 영화와 재난 영화, 그리고 또다시 로맨틱 코미디를 한 편 더 보았다. 그리고 아몬드가 잔뜩 든 초콜릿과 코카콜라로 저녁을 때웠다. 밖으로 나왔을 때 날은 이미 어두워져 있었다. 액션 영화 덕분에 기운이 솟구치는 것 같았고, 자신이 가공할 힘을 지닌 존재처럼 느껴졌다. 하지만 남은 돈을 세어본 그는 인상을 찌푸렸다. 이제 50유로밖에 없었다. 그는 어떻게든 해결될 거라고 생각하면서 차가 있는 곳으로 뛰어갔다. 가는 여름비가 내리기 시작했다. 와이퍼가 앞 유리창에서 삐걱거리며 왔다갔다했다. 그는 '라디오 콩탁트' 채널을 틀었다. 작은 스피커에서 소리가 나기 시작했다. **쿵짝, 쿵짝, 쿵짝.** 분위기가 절정에 달했다. 어느 한적한 도로에 짧은 비옷 아래로 다리를 훤히 드러내놓은 세 여자가 보였다. 작은 배낭을 하나씩 둘러멘 여자들은 차가 지나갈 때마다 운전자를 향해 손짓했다. 〈블랭〉지에서 본 사진과 똑같은 장면이었다. 그는 속도를 늦추고 차를 아주 천천히 몰면서 여자들을 자세히 관찰하려 했다. 하지만 비와 어둠과 헤드라이트 불빛 때문에 생각대로 되지 않았다. 그는 되는대로 차를 세웠다. 한 여자가 차문을 열고 흠뻑 젖은 얼굴을 들이밀면서 말했다. "트웬티 파이브, 오케이?"

그녀는 2개 국어를 하지 않았다. 소심 씨는 그게 약간 신경에 거슬렸지만, 어쨌든 여자를 차에 태웠다.

소심 씨는 마음 편히 카섹스를 즐기려면 어디가 좋을지 잠시 고민했다. 그곳은 지나다니는 차들이 드물지 않은 편이었다. 그래서 신경질이 났다. 그는 사람들에게 방해받고 싶지 않았고, 유치장에 갇히고 싶지도 않았다. 잠시 후 좋은 곳이 생각났다. 수아뉴 숲, 그래, 거기가 좋겠어. 그는 다시 안전벨트를 매고 부아츠포르 방향으로 달렸다. 그가 혼자서 머리를 굴리는 동안 신분증 없는 여자는 옆에서 끊임없이 조잘대고 있었다. "와츠 유어 네임 어쩌고저쩌고, 유 라이크 러시안 걸 어쩌고저쩌고, 투 사우전드 포 어쩌고저쩌고." 그녀가 하는 말은 하나도 알아들을 수가 없었다. 그는 여자가 영어를 할 줄 아는지 물어보지도 않고 쉴새없이 떠들어대는 데 화가 났다. 그는 여자에게 말했다. "당장 아가리 닥쳐!" 신분증 없는 여자는 그의 말을 알아듣지 못한 것 같았지만 말투가 위협적이었기 때문에 즉시 아가리를 닥쳤다. 그는 여자를 슬쩍 보았다. 그녀는 두들겨맞지도 강간당하지도 않은 것 같았다. 그저 뼛속까지 비에 흠뻑 젖은 금발 소녀일 뿐이었다. 그는 실망감 때문에 더욱더 기분이 나빠졌다. 차가 루이즈 가에 다다르자 신분증 없는 여자가 조급하게 손짓을 해댔다. "웨어 아 유 고잉? 텐 미니츠 어쩌고저쩌고." 그는 그녀에게 다시 한번 조용히 하라고 윽박질렀다. 그리고 거기서 다시 십오 분을 더 갔다. 그는 아무나 엿볼 수 있고 경찰들이 어슬렁거리는 도심 한복판에서 섹스하고 싶지는 않았다. 그는 또 한번 사나운 말투로 입을 다물라고 말했고, 여자는 또 입을 다물었다. 효과 만점이었다. 그는 여자의 떨리는 입술을 보았다. 그녀는 추워 죽을 것 같아 보였다. 그녀를 위해 히터를 틀어줄까 잠시 생각했지만 여자가 떠는 걸 보는 게 아주 좋았다. 그는 창을 열었다. 찬바람이 차 안으로 훅 밀려들어왔다. 그의 페니스가 불뚝 치솟았다. 빨간 신호등이 켜지자 여자가 차 문을 열고 내리려 했다. 그는 오른손으로 그녀의 어깨를 거칠게 움켜잡았다. 신분증 없는 여자는 조그맣게 비명을 질렀다, 그녀는 "아주 조그만 동물이 덫에 걸려 내지르는 외마디 비명"(소심 씨의 표현대로 하자면)을 지르고 난 후 시트에 주저앉았다. 소심 씨는 숲까지 곧바로 돌진했다. 기압이 수백 킬로의 무게로 짓누르는 것을 느꼈다. 여자는 실성한 계집처럼 불안해했다. 그녀는 이제 한 마디도 하지 않고 사지를 부들부들 떨고 있었다. 그는 마침내 차도 지나다니지 않고 주변에 건물도 보이지 않는 한적한 곳에 다다랐다. 나무들만 양옆으로 늘어선 작은 도로였다. 그는 차를 세웠다. 그곳은 고요했다. 소리라고는 음향효과를 위한 '라디오 콩탁트'뿐이었다. 그는 지갑에서 돈을 꺼내 여자에게 내밀었다. 그녀는 이제 그를 감히 쳐다보지도 못했다. 그는 왕이었고, 다른 모든 사람들은 그의 신하였다. 그는 초능력을 지닌 맹금류와도 같았다. 그는 신분증 없는 여자가 알아서 하도록 내버려두었다. 마침내 그녀가 끝마쳤을 때, 그는 차에서 내려 그녀가 앉아 있는 쪽으로 가서 차문을 열었다. 그리고 그녀를 차 밖으로 끌어내려 보닛에 기대어 세웠다. 그녀는 감히 그를 쳐다보지도 못했다. 그는 그녀의 목에 손을 갖다대고 약간 힘을 주며 눌렀다. 그리고 그녀의 머리채를 약간 잡아당겼다. 그녀의 고개가 휙 하고 돌아갔다. 그는 왕이었다. 그는 여자를 그 자리에 버려둔 채 차에 올라탔다. 작은 스피커들이 소리를 내고 있었다. 쿵짝, 쿵짝, 쿵짝. 그의 생애 최고의 밤이었다.

왕

만약 예정대로 우리의 방문자가 소심 씨의 뇌두개의 꽁꽁 얼어붙은 돔 천장 아래에서 며칠 머물기로 결심했다 해도 특별히 충격적인 사건들을 목격하진 못했을 것이다. 오랜 세월을 견딜 수 있도록 튼튼하게 세운 거대한 건물들 속에는 새로운 구조들이 완전히 자리잡고 있었다. 조금 전까지만 해도 황량한 들판에 지나지 않았던 그곳의 풍경은 쓰레기 같은 존재들이 버글대는 거대도시로 변해 있었다. 쓰레기들은 자신들이 아주 비참한 생존 조건 속에 살아가고 있다는 사실에도 아랑곳하지 않았을 뿐 아니라, 어느 날 불시에 일어난 그 변란을 피해 달아나다 죽은 다른 피조물들을 노골적으로 비웃고 있었다. 하지만 방문자가 과학적인 직관을 100분의 1그램이라도 갖고 있었다면, 늪지대처럼 질펀한 도덕적 기초 위에 세워진 그 도시가 조만간 무너져 내리리라는 사실을 충분히 짐작할 수 있었을 것이다. 그리고 무너져내리는 바로 그 순간에는 그 누구도 깔깔거리며 웃지 않을 거라는 사실도. 그 순간은 세상의 종말과 같을 것이며, 묵시록에서 예언한 바로 그 순간이라는 사실도.

그래서,

—소심 씨는 눈을 떴을 때 자신의 삶에서 무언가 완전히 변화했음을 느꼈다.

—그는 그 무언가가 며칠 전부터 시작되었고, 이제 그것이 완전히 뿌리를 내렸음을 느꼈다.

—그 무언가는 브뤼셀의 어슴푸레한 새벽에 그가 더는 소심 씨가 아니라는 사실을 분명하게 증명해줄 것이다.

그의 인성을 지배해왔던 소심함은 흔적도 없이 사라져 피유우우우, 공중으로 증발했고 새로운 정체성이 그 자리에 대신 들어섰다.

그는 왕이었다. 우주의 중심이었다. 그는 알파이자 오메가였다. 완전한 정부였고, 헌법제정권을 가진 국회였으며, 선택받은 자였다. 그는 세상의 미래, 남자들과 여자들과 창녀들의 미래를 결정했다.

　그는 아주 기분 좋게 일어나서 왕으로서 처음 해야 할 일을 생각해냈다. 계엄령, 전시동원령, 통행금지령을 발효할 것이다. 그의 동맹들은 지복을 누릴 것이다. 그의 적들은 고통을 겪으며 파멸할 것이다. 그는 피에로 크루아상으로 달려갔다. '얼굴 찡그리는 여자'가 작고 초라한 가게 문을 열고 영업 준비를 하고 있었다. 그걸 보자 그는 웃음이 터져나왔다. 하하하, 왕은 웃었다. 그녀 옆에는 스무 살가량 되어 보이는 키 큰 청년이 있었다. 아마도 아르바이트를 하는 학생인 듯했다. 청년은 오렌지주스 디스펜서를 꼼꼼하게 닦고 있었다. 아침 공기는 에너지로 가득 차 있었다. 왕은 자신의 뇌가 6천 볼트짜리 전기 소켓에 꽂혀 있는 것 같았다. 그는 여자 앞으로 다가가 우뚝 멈춰 서서, 그녀가 하는 일이 거지발싸개같이 너절한 일이라고 말했다. 그러고 나서 그는 말했다. "네 얼굴은 정말 얼간이 백치 같아. 하지만 엉덩이 하난 끝내준단 말씀이야. 분명히 두 구멍 다 맛있을 거야." 왕은 자기가 왜 그런 말을 하는 건지 알 수 없었다. 심지어 그 말을 할 때 그게 자기 목소리인지조차 의심스러웠다. 하지만 그 목소리가 싫지는 않았다. '얼굴 찡그리는 여자'는 테이블을 정돈하다가 갑자기 동작을 멈추었다. 그녀는 왕이 이제까지 본 것 중에서 가장 심하게 얼굴을 찡그리기 시작했다. 디스펜서를 닦고 있던 아르바이트 남학생이 고개를 들고 놀란 눈으로 그를 쳐다보았다. '얼굴 찡그리는 여자'가 그에게 소리쳤다. "당장 여기서 꺼져, 다시는 얼씬도 하지 마. 내가 이때까지 네 더러운 낯짝을 참고 봐준 것만으로도 고맙게 생각해. 당장 여기서 꺼져!" 왕은 사람들이 자기한테 반말 하는 걸 좋아하지 않았다. 그래서 말했다. "손님은 왕이야. 난 내가 가고 싶을 때 갈 거야." 아르바이트 남학생이 계산대 앞을 지나 왕에게로 다가왔다. 그 녀석은 저녁마다 스포츠클럽에서 근육을 열심히 키우고 있는 게 분명했다. 떡 벌어진 어깨, 알통이 불룩불룩 튀어나온 팔뚝. 남학생이 어깨로 왕을 밀쳤다. 녀석의 손바닥은 빵 반죽용 목판만큼이나 단단했다. '얼굴 찡그리는 여자'는 꼼짝 않고 서서 그 광경을 바라보고 있었다. 왕은 극도로 흥분되었다. 그는 그녀와 단둘이 있을 수만 있다면 어떤 대가라도 치를 용의가 있었다. 아르바이트 남학생이 다시 그를 밀쳤다. 녀석은 여자 앞에서 멋지게 폼을 잡고 싶어했다. 안 봐도 뻔한 일이었다. "그래, 그래, 너 잘났다." 왕은 그렇게 말하고는 그곳을 떠났다.

왕···

집으로 돌아온 그는 분을 참지 못해 길길이 날뛰면서 평면 텔
레비전과 DVD, 컴퓨터의 코드를 모두 뽑았다. 그리고 그것들을
전부 피아트 판다 트렁크에 싣고 일렉트로 캐시*로 돌진했다.
판매원은 전부 합쳐 4백 유로를 주겠다고 했다. 왕은 그건 날강
도나 다름없다고 생각했다. 판매원은 제품 보증서도, 구입 영수
증도 없는 물건에 그 정도면 아주 후하게 쳐주는 거라고 말했다.
그래서 왕은 그 날강도의 제안을 받아들였다. 왕은 돈을 뒷주머

_____

* 중고 가전제품 전문 체인점.

니에 쑤셔넣고 피에로 크루아상으로 다시 갔다. 빈 테이블이 없을 정도로 사람들이 붐비고 있었다. 그가 바라던 바였다. '얼굴 찡그리는 여자'는 서빙을 하느라 정신이 없었고, 그래서 그가 들어서는 것도 보지 못했다. 아르바이트 학생의 모습은 보이지 않았다. 왕은 그녀에게 다가갔다. 왕은 자기가 미친 듯이 사랑에 빠져 있다고 생각했다. 그의 가슴은 "격렬하게 두방망이질"(왕의 표현대로 하자면) 치고 있었다. 마치 "꽃무늬 양탄자 위를 질주하는 한 마리 말"(왕의 표현대로 하자면)처럼 따가닥 따가닥. 그는 주머니에서 돈을 꺼내 흔들어대면서 말했다. "걸레랑 한번 하는데 이 정도면 충분하겠지? 왜? 모자라?" '얼굴 찡그리는 여자'는 소스라쳐 얼이 빠져 있다가, 이내 눈물이 가득 고인 눈으로 그를 쳐다보았다. 그러고 나서 누군가를 소리쳐 불렀다. "프레드, 프레드! 그 작자가 다시 왔어." 아르바이트 학생이 어딘가에서 쏜살같이 튀어나와 왕에게 달려들었다. 그가 왕의 목덜미를 움켜잡았다. 손님들은 숨을 죽이고 그 광경을 지켜보고 있었다. 왕은 여자의 얼굴에 지폐를 던지며 말했다. "자, 자, 난 너에게 분명히 돈을 줬어. 나중에 딴소리하지 마." 아르바이트 학생이 그를 밖으로 끌어냈다. 하지만 남학생은 그에게 선뜻 주먹을 날리지는 못하고 주저하다가 결국 이렇게 말했다. "두 번 다시 이곳에 나타나지 마. 만약 다시 나타나면 그땐 네 머리통을 부숴

버릴 줄 알아, 알았어? 네 머리통을 아작 내버릴 거라고." 왕은 즉시 자신의 피아트를 타고 달아났다. 9월이었다. 모두 휴가를 끝내고 일상을 다시 시작하는 때. 브뤼셀 하늘에서 차가운 이슬비가 내리고 있었다. 많은 사람들이 침울했다. 왕도 그들 중 하나였다. 왕은 북부 역까지 차를 몰고 가서 마르티니 타워 옆에 주차했다. 이제 겨우 오후 두시였다. 동양에서 온 어린 창녀들이 모습을 드러내는 걸 보려면 아직 여덟 시간을 더 기다려야 했다. 배가 고팠다. 전날부터 먹은 게 거의 없었다. 그의 지갑은 완전히 텅 비어 있었다. 남은 돈은 30상팀뿐이었다. 미스터 캐시가 그에게 말했다. "죄송합니다, 잔고가 부족합니다." 죄송하긴 염병, 왕은 생각했다. 배가 고픈데 돈도 없고 가족도 없고 일자리도 없을 때는 뭘 어떻게 해야 되는지 알 수가 없었다. 그는 시간을 죽이기 위해 City2 쇼핑센터로 갔다. 거기서 '퀵'*으로 들어가 줄을 섰다. 그리고 감자튀김과 콜라 한 잔을 곁들인 자이언트 메뉴를 포장해달라고 했다. 점원은 그가 주문한 것들을 종이봉투에 담아 내밀면서 7유로 50이라고 말했다. 왕은 초연한 표정으로 말했다. "아, 치즈버거도 하나 추가해줘요, 오이는 넣지 말고." 점원이 주방 쪽으로 돌아서는 순간, 왕은 음식이 들어 있는

---

* 프랑스의 패스트푸드 체인점.

종이봉투를 집어들고 냅다 달리기 시작했다. 사람들이 웬 미친 놈이냐는 듯 그를 쳐다보았다. 누군가 뒤에서 외치는 소리가 들렸다. 왕은 쇼핑센터 입구를 빠져나와 뇌브 가를 향해 마구 달리다 차를 주차한 곳까지 왔을 때야 비로소 뒤를 돌아다보았다. 아무도 따라오지 않았다. 그는 자이언트 메뉴와 감자튀김을 정신없이 먹고 콜라를 마셨다. 그런 다음 차에서 내려 마르티니 타워에 대고 오줌을 갈기고는 다시 차로 돌아왔다. 좌석 아래 '크레펠과 반덴보르'* 광고 전단지가 뒹굴고 있었다. 그는 밤이 오기를 기다리면서 그걸 읽다가 잠이 들었다. 왕은 커피메이커, 세탁기, 압력솥이 나오는 꿈을 꾸었다. 그리고 입 안에 죽음의 맛을 느끼면서 잠에서 깨어났다. 기온이 뚝 떨어져 있었고, 건물들의 불빛도 거의 꺼져 있었다. 계기판의 시계는 21시 40분을 가리키고 있었다. 왕은 미소를 지었다. 딱 좋은 시간이었다.

---

* 벨기에에서 가장 큰 가전제품 전문 유통업체.

왕 만세!

.

그는 전날 신분증 없는 여자를 만났던 어둡고 좁은 거리로 다시 갔다. 그 여자는 그곳에 없었지만, 다른 여자들이 두세 명 있었다. 정말로 어리고 정말로 불쌍해 보이는 여자들이었다. 그는 차를 세우고 몸을 기울여 한 여자에게 문을 열어주었다. 여자가 그의 옆자리에 앉으며 말했다. "헬로." 그녀의 목소리는 새의 소리, 수줍은 깨새의 지저귐 같았다. 왕은 말하고 싶지 않았다. 수아뉴 숲으로 다시 가고 싶을 뿐이었다. 차 안의 라디오가 말썽을 피웠다. 이제 잡히는 채널이라고는 '라디오 원'뿐이었다. 그 채널에서는 공공편의시설에 관한 토론이 벌어지고 있었다. 출연자들은 공공장소에 표기된 글들이 단 한 번도 2개 국어로 작성된 적이 없다는 사실 때문에 격렬하게 싸우고 있었다. 분위기가 매우 험악했다. 왕은 자신이 즉위한 첫날 그런 다툼이 일어났다는 것에 화가 났다. "쩍, 쩍, 쩍, 쩍, 쩍." 여자가 말했다. 전날의 여자보다 덜 신경질적이었지만 그 여자보다 훨씬 더 마약에 찌들어 있는 듯했다. 그녀의 동공은 엄청나게 팽창되어 있어서, 마치 죽은 사람의 눈 같았다. 마침내 차도 건물도 없는 어제의 그 도로에 다다랐다. 왕은 거기서 차를 멈췄다. 여자가 옷을 벗기 시작했다. 하지만 그건 그가 바라던 게 아니었다. 그는 뭔가를 원했다. 하지만 그게 뭔지는 자신도 몰랐다. 그는 차에서 내렸다. 날이 완전히 캄캄해져 있었고, 기온은 뚝 떨어져서 추웠다. 습도가 80퍼센트는 될 것 같았고, 그래서인지 흙냄새와 썩은 나뭇잎 냄새가 물씬 풍겼다. 여자는 뭐라고 묻는 듯한 소리를 냈다. "쩍, 쩍, 쩍?" 그러고 나서 옷을 다시 입고는 차에서 내렸다. 왕은 울고 싶었다. 여자는 그의 옆으로 다가와 바싹 달라붙었다. 하지만 그는 그녀를 밀쳐내고 울기 시작했다. "왜 이렇게 역겨운 거야, 지긋지긋해, 모든 게 언제나 지긋지긋해, 내가 뭘 어쨌다고 나한테 이런 일이 일어나는 거야?" 여자가 지저귀었다. "쩍, 쩍, 쩍, 쩍, 쩍, 쩍." 그가 다가갔다. 그리고 여자의 목을 두 손으로 잡았다. 그녀의 목은 한줌밖에 되지 않을 정도로 가늘었다. 그의 손에 아주 빠르게 뛰고 있는 맥박이 느껴졌다. 목을 조르고 싶었다. 이유는 그도 알 수 없었다. 여자의 얼굴이 빨개졌다. 그는 손을 놓았다. 여자가 말했다. "쨱, 쨱, 쨱, 쨱, 쨱." 불만스러운 듯. 하지만 그녀는 달아나지 않고 그 자리에 그대로 있었다. 왕은 그녀가 아주 아름답다고 생각했다. 환각상태에 빠진 마약중독자이긴 했지만 정말 아름답다고. 그 순간 그는 울기 시작했다. 온수기에서 나오는 것 같은 뜨거운 눈물이 뚝뚝 흘러내렸다. 그는 오랫동안 울었다. 그 여자 앞에 서서, 브뤼셀 외곽의 그 얼어붙은 도로변에서. 신경질적인 오열 때문에 그의 흉곽이 들썩이고 콧물이 흘러내렸다. 여자가 옆으로 다가와 두 팔로 그를 감싸안았다. 그녀에게서는 싸구려 향수 냄새와 찌든 담배 냄새가 났다. 그녀는 그를 꼭 껴안고 아주 다정하게 말했다. "쨱, 쨱, 쨱, 쨱, 쨱, 쨱." 이제까지 그 누구도 그에게 이렇게 해준 적이 없었다. 그는 자기가 이 소녀를 구해낼 거라고, 여기서 구해내 둘이 함께 살 거라고, 서로 미친 듯이 사랑할 거라고, 이탈리아로 여행을 갈 거라고 생각했다. 그는 여자에게 말했다. "사랑해, 내 사랑." 그는 이제까지 살아오면서 누구에게도 그런 말을 해본 적이 없었다. '얼굴 찡그리는 여자'는 이제 그에게 한낱 미미한 추억거리에 지나지 않았다. 지저귀는 여자가 그에게 말했다. "쨱, 쨱, 사랑, 사랑, 사랑해, 지스카르 데스탱, 프랑수아 미테랑, 프랑스 만세." 왕은 그녀에게 다가갔다. 그 여자에게 입을 맞추고 싶었다. 그는 이제까지 누구와도 입을 맞춰본 적이 없었다. 심지어 런던의 파비엔과도. 하지만 지저귀는 여자는 그의 입술을 피하면서 고개를 돌려버렸다. 왕은 그녀의 얼굴을 두 손으로 붙잡고 다시 한번 입을 맞추려 했다. 여자는 입술을 꽉 다물고 발버둥을 쳤다. 왕의 머릿속에 거대한 붉은 물결이 몰려왔다. 왕은 여자의 목에 손을 가져갔다. 그러고는 미친 사람처럼 여자의 목을 조였다. 그는 야릇한 쾌감 같은 것을 느꼈다. 자기 인생의 모든 나쁜 물결들이 자신에게서 여자에게로 옮겨가는 듯한 기분. 여자의 목이 뒤로 확 젖혀졌다. 그 순간, 여자가 갑자기 주머니에서 작은 스프레이를 꺼냈다. 그리고 치이이이익! 왕의 눈에. 왕은 땅바닥에 쓰러졌다. 그는 이제 아무것도 볼 수 없었고, 숨도 제대로 쉴 수 없었다. 여자가 뛰어서 달아나는 소리가 들렸다. 그는 꼼짝도 못 한 채 그대로 웅크리고 있었다. 한 시간쯤 지난 후에야 간신히 일어설 엄두를 낼 수 있었다. 하지만 반쯤 몸을 일으키다가 다시 진흙탕에 곤두박질쳤다. 게다가 쓰러지면서 손까지 다쳤고, 날씨는 얼어죽을 것처럼 추웠다. 그는 뭘 어떻게 해야 할지 도무지 알 수가 없었다. 이렇게까지 막막한 경우는 생전 처음이었다. 앞을 향해 곧장 걸어가는 것 외에는 어떤 생각도 떠오르지 않았다. 그의 앞날은 "한 무더기의 똥"(왕의 표현대로 하자면) 같아 보였다. 온 세상이 뚜껑을 덮어놓은 가마솥 안처럼 캄캄했다. 잠든 브뤼셀의 축축하게 젖은 소리들이 그의 귀에 들려오고 있었다.

바퀴벌레

세상의 모든 사랑

그녀는 그가 잠든 모습을 바라보고 있었다. 사랑하는 사람이 잠든 모습을 바라보는 건 정말 멋진 일이야, 그녀는 생각했다. 이렇게 잠들어 있을 때 그의 얼굴은 좀더 편안함을 느끼기 위해 구멍을 한 칸 늦추어놓은 벨트처럼 느슨하게 풀려 있었고, 그래서 거의 딴 사람처럼 보였다. 잠든 그의 얼굴은 어렸을 때의 모습을 닮았다. 그의 가족앨범에서 본 그 어린아이의 모습을. 잠든 그의 얼굴은 여전히 잘생겼지만, 평소보다 표정이 더 온화했다. 잠을 자고 있을 때는 누구나 얼굴 표정이 온화해지는 걸까? 히틀러도 잠을 잘 때는 그랬을까? 그녀는 화들짝 놀랐다. 그런 생

각을 하다니. 남편의 얼굴을 바라보면서 히틀러를 떠올릴 이유
는 전혀 없었다. 남편은 그녀가 만난 남자들 중에서 가장 다정한
남자였다. 만난 지는 삼 년째였다. 물론 그동안 다툰 적도 더러
있었다. 그가 사회복지국의 보조금 지급 문제로 신경이 곤두서
있었을 때, 결혼 준비를 할 때, 그녀가 예전에 자기를 쫓아다니
던 남자와 우연히 재회하게 되었을 때…… 하지만 심각한 싸움
으로 발전한 적은 한 번도 없었다. 어느 날 그는 그녀에게 말했
다. "이제 그만 해, 날 열받게 하지 말고!" 그래서 그녀는 그만두
었다. 어느 날 그는 그녀에게 말했다. "왜 그렇게 고집 부리는
거야? 도무지 이해할 수가 없군." 그래서 그녀는 더 고집 부리지
않기로 했다. 늘 그런 식이었다. 그녀는 그를 사랑했다. 그의 얼
굴을 사랑했고, 군인처럼 절도 있는 그의 성격을 사랑했고, 경영
회의에서 문제점을 지적하고 발전적인 방향으로 사업을 추진해
나가는 회사 중역처럼 항상 직접 나서서 일을 처리하는 그의 행
동방식을 사랑했다. 그는 말했다. "신혼여행지로 가능한 곳은
두 곳이야, 아프리카와 아시아." 그리고 말을 이어갔다. "개인적
으로 나는 아시아가 더 좋아. 아프리카보다 경비가 더 많이 들긴
하겠지만 여러 모로 조건이 나으니까." 그가 덧붙였다. "인도의
관광시설은 최근에 비약적으로 발전했어. 그래서 괜찮은 여행상
품이 아주 많이 개발되어 있지, 궁전, 대도시, 사원들……" 그

녀는 대답했다. "응, 좋아, 좋아." 그러면서 그녀는 남편의 관자놀이 부근에 도드라진 푸르스름한 정맥을 쳐다보며 생각했다. 저 피는 모두 어디로 가는 걸까, 어떤 피질 속으로, 어떤 기관으로 흘러가는 걸까, 과연 저 피는 아주 특수한 기억세포들에 영양을 공급할까…… 그가 그녀를 처음 안던 날, 그들이 처음 사랑을 나누던 날 밤, 그는 그녀에게 콘돔이 있느냐고 물었다. 그녀가 없다고 하자, 그는 그 시각에 문을 연 약국을 찾아 밖으로 나갔다. 그런 그의 행동 때문에 그녀의 욕망은 이상한 방향으로 변질되어버렸다. 의학적인 방향으로. 그녀는 사랑을 주러 오는 연인을 기다리는 게 아니라, 약봉지를 주러 오는 의사를 기다리는 것 같은 느낌이었다. 그런 기분이 들자 촉촉이 젖어 있던 그녀의 몸은 어느새 건조하게 말라버렸다. 그녀는 북대서양을 떠다니는 빙산들을 다룬 〈탈라사〉* 재방송을 보면서 그를 기다렸다. 빙산들을 보자 그녀는 왠지 마음이 불편해졌다. 넓은 바다를 둥둥 떠다니는 빙산들을 보며 그녀는 자신의 성생활을 되새겨보았다. 이전에 오르가슴을 느낀 적이 있었던가? 그녀는 그렇다고 생각했다. 그 조각과 교수와. 그녀는 남자에게 성적 쾌락, 진짜 성적 쾌락을 느끼게 해준 적이 있었는가? 그건 대답하기가 좀 어려웠

_____

* 프랑스 텔레비전의 해양 다큐멘터리 프로그램.

다. 하지만 그녀가 교수의 몸을 받아들였을 때 그는 아주 좋아하는 것 같았다. 그녀가 그런 생각들에 잠겨 있을 때 그가 콘돔을 사가지고 돌아왔다. 그들은 침실로 들어갔다. 그는 아주 고전적인 방식으로 그녀의 옷을 벗겼다. 위에서부터 시작해 하나씩 옷을 벗길 때마다 순차적으로 드러난 부위에 입을 맞추면서. 그러고 나서 그는 자기 옷을 벗고는 그녀 옆으로 다가왔다. 그녀는 그의 몸과 접촉하는 것을 정말로 좋아했다. 아주 뜨겁고 아주 단단한 몸. 그가 콘돔 포장지를 뜯어 조심스럽게 자신의 성기에 씌우는 동안 그녀는 눈을 감았다. 그녀는 수온이 섭씨 3도를 넘지 않는 바다에 떠 있는 빙산들을 보았다. 열세번째 빙산 조각 위로 칙칙한 흰색 하늘이 보였다. 그게 모든 걸 완전히 망쳐놓았다. 그 이후로 그들은 주기적으로 관계를 가졌고, 그때마다 그 빙산 조각들은 자연스럽고도 분명하게 배열되었다. 그러면 그녀는 그걸 멀리서 바라보았다. 마치 플라스틱 레고 블록의 '우주 시리즈'를 보듯이, 약간은 놀란 시선으로. 하지만 문제될 건 없었다. 그녀는 집에서 열리는 가족 저녁식사 모임에 그를 데려가 부모에게 소개했다. 그는 완벽했다. 너무 진지해서 분위기를 좀 딱딱하게 만들긴 했지만 그래도 완벽했다. 그다음에는 그녀 차례였다. 그녀는 그의 부모를 만났다. 그의 아버지는 더러운 얼룩이 잔뜩 묻은 셔츠를 입은 거동이 불편한 노인이었다. 그의 어머니는 실험실에서 쥐의 간에 생긴 종양을 관찰하는 생물학자처럼 주의 깊게 그녀를 살펴보았다. 식사하는 내내, 그녀는 가능한 한 빨리 그 자리에서 벗어나고 싶었다. 일 분 일 초가 흐를 때마다 그녀는 이제 일 분도 더 참을 수 없다고 생각했다. 더 참고 있다가는 기절을 하거나 비명을 지르거나, 누군가를 죽이고 말 것 같았다. 그녀 자신도 그 까닭을 알 수 없었다. 하지만 그는 아무것도 알아차리지 못했다. 그녀는 예상 밖으로 아주 훌륭하게 처신했다. 목덜미가 아팠다. 그들은 집으로 돌아왔다. 이상하게도, 그녀는 죽고 싶었다. 그녀는 그가 이를 닦는 모습을 지켜보았다. 그가 화장실 가는 소리를 들었다. 그가 침대로 들어와 그녀에게 바싹 다가왔다. 그에게서는 고기와 멘톨 냄새가 났다. 그가 그녀의 가슴을 애무했다. 그녀는 그가 하는 대로 몸을 내맡기고 있었다. 북대서양의 빙산 조각들이 납빛 하늘 아래 다시 나타나고 있었다.

서로 사랑하는 사람들

그녀는 그를 사랑했다. 그녀는 자신이 그를 사랑한다고 확신했다. 게다가 그들은 서로에게 사랑한다고 자주 말했다. 그는 그녀에게 사랑한다고 말했고, 그녀는 그에게 사랑한다고 말했다. 그걸로 충분했다. 그녀는 다시 그를 바라보았다. 비행기가 두꺼운 구름층을 소리없이 뚫으면서 하강하기 시작했다. 그가 눈을 떴다. 그녀는 그의 눈이 쥐의 눈 같다고 생각했다. 더러운 쥐새끼의 눈.

"다 왔어." 그녀가 말했다.

그는 비행기 창으로 밖을 내다봤다. 밤이었다. 고도를 짐작하는 건 불가능했다. 저 아래로, 커다란 검은 양탄자 위에 수놓인 수십 개의 작고 노르스름한 불빛들이 난류에 실려온 플랑크톤처럼 연이어 나타났다. 위에서 내려다본 인도의 들판은 어쩌면 네덜란드인지도 모른다. 그는 눈꺼풀을 비비고 나서 손목시계를 들여다보았다.

"우리 시간으로는 아침 일곱시군."

그녀는 피곤하지 않았다, 아니 오히려 컨디션이 아주 좋았다. 그녀는 사랑을 하고 싶었다. 언젠가 한 남녀가 비행기 화장실에서 사랑을 나누는 영화를 본 적이 있었다. 그러자 야릇한 느낌이 들었다. 다른 사람들이 바로 옆, 몇 밀리미터 두께 칸막이 너머에 있다는 생각, 비행기가 9천 미터가 넘는 상공에서 시속 800킬로미터 속도로 날고 있다는 생각에 그녀는 말할 수 없는 흥분을 느꼈다. 그가 화장실에 가려고 자리에서 일어났다. 그녀는 그가 자신에게 뭔가 신호를 보내주기를 간절히 바랐다. 그녀는 자신의 중심부에서 어떤 원소가 부풀어오르는 것을 느꼈다. 그는 아무 신호도 보내지 않았다. 그녀는 창 너머로 빛이 연이어 지나가는 것을 바라보았다. 올이 풀리듯 풀려나가는 빛. 그녀는 자신이 그를 사랑한다고 생각했다. 그리고 그의 눈이 더러운 쥐새끼의 눈 같다고 생각했다. 그녀는 어쩌면 다른 남자가 화장실에서 그걸 하자고 눈짓을 보내올지도 모른다고 생각했다. 그녀는 자기가 인도에 있다고, 뭄바이에 있다고, 그것도 한밤중에 아주 낭만적인 장소에 있다고 생각했다. 몇 시간 후에 그 남자와 사랑을 나누러 갈 거라고 생각했다. 콘돔 따위는 신경도 쓰지 않는 사랑. 그 남자는 몸무게를 완전히 실어 그녀를 내리누를 것이다. 남자의 겨드랑이에서는 여행에서 갓 돌아온 사람에게서 나는 강렬한 체취가 풍길 것이다. 그의 손이 닿는 곳마다 그녀의 살갗에는 붉은 자국이 남을 것이다. 그 남자의 머리칼이 흐트러지고, 그녀는 소리를 지를 것이다. 그도 소리를 지를 것이다. 그건 이제는 다른 아무것도 존재하지 않는, 현실 세계 속에 뚫린 구멍 안에 있는 것 같을 것이다. 그녀는 남자에게 말할 것이다. "사랑해." 그러면 남자가 그녀를 물어뜯을 것이다. 그녀도 남자를 물어뜯을 것이다. 그녀는 매트리스에 꼼짝도 않고 누워 있을 것이다. 남자는 아주 세게 그녀를 끌어안을 것이다. 뼈가 아플 정도로 세게, 아주 세게. 그녀는 잠시 정신을 잃을 것이다. 그리고 쇠처럼 단단한 남자의 품속에서 잠이 깬다. 그녀는 즉시 떠날 수 없다. 그녀는 그의 몸에 침을 뱉을 것이다. 그리고 그에게 말할 것이다, 더러운 쥐새끼 같은 눈 감으라고. 그리고 그가 거기서 죽도록 내버려둘 것이다. 사람들은 그를 땅에 묻지 않고 갠지스강에서 화장시킬 것이다. 그녀는 우는 척할 것이다. 그 슬픔은 그녀를 만주국의 공주보다 더 아름답게 만들어줄 것이다. 그가

화장실에서 돌아와 그녀 옆에 다시 앉았다. '안전띠를 매십시
오'라는 표시등이 켜졌다. 그는 안전띠를 맸다.

현대적 낭만주의

그들은 관광 가이드의 유니폼 색깔과 똑같은 색깔로 페인트칠한 미니버스에 올라탔다. 관광 가이드인 젊은 인도 여자가 대학에서 배운 듯한 프랑스어로 환영인사를 하는 동안, 그녀는 자기 부부와 함께 관광할 커플들을 바라보았다. 서른에서 마흔 살 사이의 부부들뿐이었다. 그녀는 생각했다. 아마 그 나이보다 조금 더 젊은 사람들이라면 이런 단체여행이 아니라 개인적으로 비행기 표를 구입해 뭄바이에 도착해서 중세시대 사형집행인의 이마처럼 뜨겁고 축축한 밤에 호텔을 찾아나서겠지. 돈은 넉넉지 않지만 젊음과 사랑으로 충만한 커플들은 몇 루피를 내고 낡고 더러운 공동침실에 끼어 코고는 소리와 고약한 숨결을 참아가며 하룻밤을 보낼 거야. 하지만 그들에게 그 끈적거리는 시간은 중앙아프리카의 에메랄드보다 더 아름다운 추억이 되겠지.

그녀의 남편은 손수건으로 이마를 닦고 있었다. 그녀는 그를 사랑했다. 그에 대한 사랑은 그녀의 삶을 환하게 밝혀주는 횃불이었다. 그가 실내등 위의 에어컨을 켰다.

"봤어? 굉장하지!" 그가 고철을 산더미처럼 실은 수레를 끌고 가는 커다란 황소를 가리키면서 말했다. "이거야말로 진짜 과거로의 시간여행이야, 안 그래?"

그녀는 동의했다. 도로는 아주 넓었고, 설탕, 향신료, 땀, 배기가스가 뒤섞인 기분 좋은 냄새가 풍기고 있었다. 좁은 골목 어귀마다 거의 벌거벗다시피 한 빼빼 마르고 거무스레한 형체들이 보였다. 삶에 부대끼면서 쇠처럼 단단해진 육체들. 그녀는 그런 육체에 살이 닿으면 느낌이 어떨까 궁금했다. 아마 단단하고 뾰족한 쇠꼬챙이들이 가득 든 자루에 부딪히는 느낌일 거야. 고행을 하는 수도자처럼 뼈만 남은 인도 남자와 사랑을 나누는 건 어떤 느낌일까. 그 남자는 다정할까? 그건 어쩌면 동물과 성교하는 느낌일지도 모른다. 마치 고양이와 사랑을 나누는 것 같을 거야. 그 남자는 여자의 목을 잡고, 오피넬* 칼날처럼 예리한 발톱을 여자의 둔부에 박아넣고, 사포 롤러보다 조금 더 부드러울까 말까 한 성기를 여자의 몸속에 밀어넣겠지. 그녀는 그런 장면들이 지금 이 순간, 후추 냄새와 죽음의 냄새가 나는 이 어두운 거리 구석구석에서 수없이 일어나고 있을 거라고 생각했다. 여자들은 아무 말도 하지 못하고 무조건 복종해야 하겠지. 그리고 남자들은 쓰레기 더미 위에서, 무표정하게 지켜보고 있는 벌거숭이 아이들 앞에서 여자들에게 그 짓을 할 거야. 그러고는 여자들을 그곳에 내팽개치고 가버리겠지. 그러면 여자들은 더러운 오물에 짓눌렸던 등이 끈적거리고 살갗은 불에 덴 듯 화끈거리는데도 누더기같이 팽개쳐진 옷을 허겁지겁 주워입고는, 양철과 판자로 얼기설기 엮은 은신처로 돌아가 대야에 미적지근한 물을 받아 몸을 씻겠지. 그리고 벽에 뚫린 구멍으로 거리를 내다보면서 생각할 거야. 저기 적의를 띤 삶이 곰팡이처럼 자라나 자신들을 기다리고 있다고. 그리고 그녀들은 도살장에 끌려가는 염소들처럼 다시 거리로 나갈 테고, 남자들은 그 거리에서 다시 한번 그녀들을 쓰러뜨리겠지. 그러면 그녀들은 또다시 아무 말도 하지 못하고 복종해야 할 테고.

---

* 백년 역사와 전통을 자랑하는 프랑스 레저용 칼.

날마다 조금씩 더

현대식으로 지은 그 호텔은 도시의 다른 구역들에 비해 서구화된 구역에 위치해 있었다. 그들에게 환영인사를 했던 젊은 인도 여자가 몇 가지 준수사항을 설명해주었다. 하지만 그녀는 귀기울여 듣지 않았다. 인도 여자의 설명이 끝난 후 사람들이 버스에서 내렸다. 그들은 버스에서 내려 호텔로 들어가는 동안 그곳에 대해 이러쿵저러쿵 첫인상을 늘어놓았다. 그리고 개중에는 벌써 자신들의 여행가방을 낚아챈 포터들에게 팁을 주는 사람들도 있었다. 남자들은 프런트로 몰려가 얻어온 관광 안내책자들을 무슨 핵폭탄 비밀번호라도 적혀 있는 양 아주 조심스럽게 여행가방 바깥 주머니에 넣었다. 그리고 그들은 오로지 케이블 티브이, 미니바, 그리고 전기면도기용 콘센트가 갖추어진 욕실을 발견하기 위해 무려 5천 킬로미터를 날아왔다는 사실에 감격하고자 각자의 방으로 향했다.

그녀의 남편은 방에 들어서자마자 침대에 털썩 주저앉더니, 열대지방에서 극한의 상황을 이겨내며 오랜 세월 모험을 하고 돌아온 탐험가처럼 지친 한숨을 내쉬며 말했다.

"완전 녹초가 됐어. 샤워하고 몇 시간 좀 자야겠어."

그가 옷을 벗는 동안, 그녀는 여행가방을 열고 목욕용품들을 꺼내 그에게 건네주었다.

"금방 나올게." 그가 욕실로 들어가면서 말했다.

그녀는 텔레비전을 켰다. 어떤 인도 남자가 면적이 유럽의 절반 정도 되는 거대한 농촌 지역을 한순간에 휩쓸어버린 엄청난 홍수 피해에 대해 이야기하고 있었다. 퉁퉁 불은 채 물에 떠내려가는 암소들, 방금 전에 막 빠져나온 탑이 무너지는 것을 보면서 공포에 질려 얼이 빠진 아이들, 종잇장처럼 허물어져내린 집들, 그리고 너무도 엄청난 재난 앞에서 발만 동동 구르며 안타까워하는 구조대원들의 모습이 보였다.

그때 갑자기 욕실에서 찢어질 듯한 비명이 들려와 그녀는 소스라쳤다. 그녀의 남편이 알몸으로 어기적어기적 뒷걸음질을 치며 욕실에서 나왔다. 그의 얼굴은 데스마스크처럼 굳어 있었다.

"저, 저…… 저기……" 그가 말을 더듬었다.

그녀는 몸을 일으켰다.

"저, 저…… 저기……" 그는 겁먹은 시선으로 천장과 벽을 두리번거렸다. 마치 어딘가에 엄청난 위험이 도사리고 있다는 듯이. 그러고 나서는 마침내 그녀가 있는 침대로 왔다. 그는 공포 때문에 오그라든 듯 보였다. 그의 몸은 늙은 낙타처럼 뼈가 앙상하게 드러나 있었고, 기다랗고 핏기 없는 두 다리는 무릎뼈가 뾰족하게 불거져나왔으며, 배는 약간 부풀어올라 있었고, 흉곽 쪽에는 연골조직들이 살갗 아래로 불안정한 기하학적 무늬를 그리고 있었다. 마지막으로 그녀는 남편의 성기를 힐끗 보았다. 그것은 너무도 조그맣게 오그라들어 있었다. 그녀는 그 모습에 혐오감과 낯섦을 느꼈다. 지금까지 한 번도 본 적이 없는 곤충의 애벌레가 희끄무레한 빛을 띤 채 죽어 있는 것을 본 것 같은 느낌이었다. 그 순간, 그녀는 기이하게도 남편의 성기를 다시 일으켜세우고 있었다.

"저, 저…… 저기……"

사랑의 불길

그녀가 일어나 욕실 쪽으로 걸어갔다.

"기다려…… 프런트에 전화부터 하고……"

그녀는 남편이 수화기를 드는 소리를 들었다. 샤워부스 한구석에 놓인 도자기의 둥그스름한 부분에 포도알만 한 까만 곤충 한 마리가 달라붙어 방향을 잃고 비틀거리면서 촉수를 흔들고 있었다. 그녀는 방으로 되돌아왔다.

"별 거 아닌데…… 내 생각엔……" 그녀는 뭔가 말하려 했다. 하지만 그녀의 남편은 이미 수화기에 대고 정신없이 영어로 떠들고 있었다.

"There is a scorpion in the shower. It's incredible. What kind of hotel are you? I want another room. No! This is my problem. I want another room NOW……(욕실에 전갈이 있어요. 믿을 수가 없군. 여긴 대체 뭐 하는 호텔이요? 다른 방으로 바꿔주시오. 아니, 이건 내 문제야. 당장 다른 방을 달라니까!)"

그녀는 다시 말했다. "그만 둬요. 그럴 필요 없어. 그건 그냥……"

"닥쳐!" 그가 소리쳤다. "닥쳐! 지금 통화중이잖아. Listen to me. I give you one hour. ONE HOUR!(내 말 듣고 있소! 한 시간 주지. 딱 한 시간!)"

그는 선전포고하듯 말하고 전화를 끊었다.

"제기랄! 제기랄! 망할놈의 나라! 빌어먹을! 난 돈을 지불했어! 난 손님이야! 바보천치들! 사람이 하는 말을 못 알아듣는 척해? 내 말이 말 같지 않단 말이야? 감히 날 비웃다니……"

그는 여전히 벌거벗은 채였다. 그는 여전히 창백했고 늙은 낙타처럼 초라했다. 그는 미친 듯이 떠들어대고 있었다. 그녀는 조용히 있고 싶었고, 잠을 자고 싶었다. 그녀는 이 방이 아주 마음에 들었다. 이 방에는 '술탄의 총애를 받는 애첩'의 방에서 풍기는 사향 냄새가 났다. 그녀는 텔레비전으로 인도 사내아이들의 초췌한 얼굴을 보고 싶었다. 그걸 보면서 그녀는 거리의 '인간-

고양이'들 중 하나가 호텔 벽을 기어올라와 창문으로 몰래 들어오기를 기다릴 것이다. 그 '인간-고양이' 남자는 강렬한 인광처럼 뜨겁게 타오르는 입맞춤으로 그녀의 몸을 뒤덮을 것이다. 그녀의 옷을 벗기고 그녀의 몸에 불을 지필 것이다. 그리고 그녀에게 이제부터 모든 게 달라질 거라고 말할 것이다.

뼈가 앙상하고 딱딱한 남자가 그녀의 몸 위에 엎드리면 그녀는 무거운 사다리에 깔린 듯한 느낌을 받을 것이다. 그리고 케랄라 전통음악의 느린 리듬에 맞춰 일곱 시간 동안 쉬지 않고 사랑을 나눈 후, 그는 그녀를 자기 집으로 데려가 자신의 모든 형제들과 친구들에게 그녀를 빌려줄 것이고, 그러면 모두가, 모두가 그녀에게 인더스 계곡 최초의 언어로 "사랑해, 내 사랑"이라고 말할 것이다. 그리고 그 "사랑해"와 "내 사랑"은 따뜻한 물결처럼 그녀의 얼굴을 어루만지면서 홍조를 띠게 할 것이다.

"빌어먹을, 모두 하나같이 바보천치들이야! 유럽으로 갔어야 했어. 이탈리아로. 제기랄!"

남편의 말들은 머릿속을 뚫고 들어오는 전기톱 같았다. 그래서 그녀는 아팠다, 정말로, 실제로 아팠다. 통증 때문에 눈물이 났다. 그녀는 마치 팝콘을 튀기듯 자신의 신경세포들을 하나하나 터뜨리는 그의 말들을 가만히 듣고 있을 수가 없었다. 그래서 자리에서 일어났다. 그리고 여행가방을 뒤지며 반팔 셔츠를 찾고 있는 남편을 물끄러미 바라보았다. 그는 아주 작아 보였다. '사과 세 개를 쌓아올린 높이' 정도였다. 그녀는 그를 발꿈치로 짓이겨버리고 싶었다. 와지직! 소리가 나게. 그리고 그녀는 마침내 모든 게 잠잠해지고, 그가 해 뜨기 전 대초원의 풀밭에 떨어진 호두껍데기 속처럼 조용해지기를 바랐다.

베풀 줄 아는 것

"난 가."

그녀는 남편이 그 소리를 들었건 말건 상관하지 않고 문을 밀었다. 그리고 복도를 따라가 계단을 내려갔다. 라운지에서 제복을 입은 남자가 그녀를 보고 미소를 지었다. 그녀는 그 남자에게 미소로 답했다. 누군가 그녀에게 중앙 홀의 문을 열어주었다. 열기와 습기가 그녀의 몸에 한꺼번에 달라붙었다. 그녀는 길게 숨을 내쉬었다. 그녀는 걷고 싶었다. 사람들이 있는 곳으로 가고 싶었다. 온갖 냄새와 쓰레기들, '인간-고양이' 남자들, 무게감이 실린 욕망이 있는 그곳으로. 그녀의 몸은 탐스러운 한 송이

꽃이었다. 봄날의 꽃. 화려한 색깔의 꽃잎들이 하늘을 향해 열리고 있었다. 생식샘으로 가득 찬 기류를 붙잡기 위해. 그녀는 아직도 여행을 떠나올 때 신었던 샌들을 그대로 신고 있었다. 신발 바닥 아래로 자잘한 돌들의 뾰족한 모서리가 느껴졌다. 그녀는 아직도 여행을 떠나올 때 입었던 면바지와 부드러운 블라우스를 그대로 입고 있었다. 그녀는 블라우스 윗단추 두 개를 풀고는 이제 가슴이 약간 드러났을 거라고 생각했다. 그리고 그걸 확인하기 위해 고개를 숙였다. 정말로 가슴이 약간 드러나 있었다. 만족스러웠다. 점점 더 사람들이 많아졌다. 한밤중의 산속 호수처럼 까맣게 빛이 나는 사람들이 그녀를 바라보았다. 그녀는 그들에게 미소를 보냈다. 그녀는 남편을 생각하는 게 재미있었다. 남편 생각을 할 때마다 그 생각을 비눗방울처럼 펑펑 터뜨리는 게 재미있었다. 틀림없이 날 찾고 있겠지, 펑! 그녀는 무시했다. 지금쯤 프런트로 달려가 난리법석을 피우고 있을 거야, 펑! 그것도 무시해버렸다. 난 그를 사랑해, 그의 눈은 더러운 쥐새끼의 눈이야, 펑! 그녀는 무시했다.

산악지대 너머에서 홍수에 익사한 사람들의 어린 자식들과 형제들과 사촌들이 손을 내밀면서 그녀에게 다가왔다. 그녀는 주머니를 뒤져 몇 유로를 찾아냈다. 그들은 그걸 받아들고는 금성에서 만든 공예품을 보듯 신기하게 들여다보았다.

그녀의 몸은 커다란 한 송이 꽃이었다. 봄날의 꽃. 그녀는 자신의 몸을 관통하는 전류를 느낄 수 있었다. 그녀는 '인간-고양이' 남자와 아기들을 만들고 싶었다. 그녀는 단 한 번 만에 열두 명의 아이를 낳을 것이다. 그 아이들은 야옹 하고 울면서 태어나, 삶아서 소독한 무명천이 주름 하나 없이 반듯하게 펼쳐진 커다란 침대에서 눈을 감은 채로 그녀를 더듬어 찾을 것이다. 그녀는 그 아이들에게 여왕처럼 군림할 것이다. 그녀는 다산의 백인 여신이 될 것이다. 사람들은 정글 한가운데 그녀의 동상을 세울 테고, 그 동상 위로 도마뱀들과 원숭이들이 놀러 올 것이다. 그녀는 돌로 깎은 자신의 가슴과 배를 만지러 오는 이들에게 행운을 안겨줄 것이다. 그녀는 피어나는 꽃봉오리의 상징이 될 것이다. 한 무리의 남자들이 열대지방의 열병처럼 맹렬하게 자신들의 뱃속을 휘젓는 고통스러운 욕망 때문에 흉하게 일그러진 얼굴로, 그녀를 향해 뼈가 앙상한 팔을 내밀 것이다.

자아, 초자아

"Miss! Miss!(아가씨! 아가씨!)" 누군가가 그녀를 부르고 있었다. 그녀는 뒤돌아보았다. 호텔 도어맨이었다. 그는 숨을 헐떡이면서 영어로 말하려고 애썼다.

"Your husband is searching you everywhere(남편 분이 사방에서 찾고 계세요)."

그녀는 어깨를 으쓱했다. 어딘가에서 누군가 더러운 쥐새끼의 눈을 사방으로 굴리면서 자기를 찾고 있다는 사실은 잘 알고 있다. 그래서? 누군가 그녀를 찾고 있다 해서 그게 그녀와 무슨 상관이란 말인가. 그녀의 몸은 한 송이 꽃이었다. 봄날의 꽃. 남자들이 내게 다가와 나를 껴안을 거야, 나는 표피가 열릴 때까지 내 몸을 그들의 몸에 대고 비빌 거야.

"Please! Please! Come with me(제발요. 저랑 같이 가요)." 도어맨이 말했다. 그가 그녀의 팔을 붙잡았다. 그리고 그녀의 눈을 들여다보았다. 그의 눈 깊숙이 깃들어 있는 무한한 슬픔이 그녀의 심장을 관통했다. 그녀의 팔을 잡은 손은 단단하면서도 부드러웠다. 그녀가 꿈의 집에서, 그 집의 가장 은밀한 방 안에서 항상 고대해왔던 것보다 훨씬 더 먼 곳으로 그녀를 이끌고 갈 수 있는 손. 그는 키가 작고 뚱뚱했다. 그는 매끄럽고 향긋한 올리브 같았다.

"Please(제발요)!" 그가 되풀이했다. 도어맨의 슬픔이 그녀의 살갗을 파고 스며들어, 마치 그녀와 현실을 갈라놓는 칸막이처럼 겹겹이 쌓여갔다.

그녀는 그를 따라갈 것이다. 저 끝까지, 그녀의 동상이 세워져 있는 정글 속까지 그를 따라갈 것이다. 그녀는 호텔 쪽을 돌아보지 않을 것이다. 프런트 앞에 서서 그녀를 기다리고 있는 남편의 얼굴을 보지 않을 것이다. 끈적거리는 두 줄기 광선을 그녀에게 겨누는 더러운 쥐새끼의 눈을 보지 않을 것이다. 그녀는 정글 속에 있었다. 그녀는 영원히 그 키 작은 도어맨의 여자가 될 것이다. 그녀는 남편이 말하는 소리를 듣지 않을 것이다. "도대체 당신, 돌았어, 응? 제정신이냐고? 밖이 얼마나 위험한지 몰라?"

　그녀는 그날 밤 다시 내려갈 것이다. 그리고 그 도어맨을 다시 만날 것이다. 만약 그날 밤 그를 찾지 못한다면, 그다음 날 밤 또 내려갈 것이다. 그리고 그때도 찾지 못하면, 그다음 다음 날 밤 다시 내려갈 것이다. 그녀는 평생 동안 그를 찾아 헤매리라. 그의 슬픈 눈을 꿈꾸고, 단단하면서도 부드러운 그의 손길을 꿈꾸면서 평생을 보낼 것이다. 그리고 그녀의 꿈이 그녀를 완전히 갉아먹게 된다 해도, 그녀는 이제 아무것도 알아차리지 못할 것이다. 그리고 그때부터 그녀의 삶은 꿈처럼 달콤하리라.

우리시대의 실존,
착각과 고독, 그리고 살아 숨 쉬기

그날 갑자기 소나기가 쏟아지던 그 시각, 작은 동물원에는 사람의 모습이 하나도 보이지 않았다. 동물들의 음산한 울음소리가 세찬 빗소리에 뒤섞여 울려왔고, 불쾌하고 위협적인 냄새가 후끈한 열기와 함께 한꺼번에 들고 일어나 그곳을 가득 메우고 있었다. 우리 안에 갇힌 동물들이 갑자기 내 눈을 똑바로 쳐다보면서 으르렁거렸다. 모든 동물이 미친 듯 보였다. 호랑이는 우리 안을 맴돌다 이따금씩 앞발로 철책을 내리치면서 송곳니를 드러냈고, 원숭이들은 철책 위로 기어올라가 분노와 복수심과 조롱과 야유가 뒤섞인 눈길로 나를 노려보면서 철책을 부술 듯 흔들어댔고, 심지어 사슴마저 무시무시한 눈빛으로 날뛰고 있었다. 비 오는 날 작은 동물원에서는 금방이라도 우리를 부수고 튀어나올 것 같은 동물들이 내 얼굴 바로 앞에서 물기 젖은 눈을 번득이고 있었다. 비가 퍼붓는 날 작은 동물원은 신나고 재미있는 곳이 아니라 괴괴하고 음산하고 무섭고 슬픈 곳이었다. 토마 귄지그라는 낯선 작가가 안내하는 동물원에도 소나기가 퍼붓고 있는가? 이 '소나기'를 잠자던 공격성을 들썩이게 만드는 촉매 같은 것이라 전제한다면, 적어도 나에게 귄지그의 동물원은 분명히 소나기가 퍼붓고 있는 동물원이다.

귄지그의 동물원은 한없이 음산하고 우울하다. 그가 그려내는 일곱 개의 우리 속에는 궁지에 몰린 '인간-동물'들이 거친 숨을 몰아쉬면서 울부짖고 있다. 더는 사랑하지 않는 부부들, 사랑을 갈망하지만 뜻대로 이루지 못하는 사람들, 타인과의 소통이 부재하는 삶 속에서 시간을 죽이며 살아가는 사람들, 자신을 둘러싼 세계에 철저히 무관심하고 무기력하며 자아마저 흐리멍덩한 사람들, 타인의 존재를 오직 말초적 카타르시스를 위한 도구로 바라보는 사람들, 또는 타인의 존재를 필요로 하지만, 타인과 연결되는 방법을 알지 못하는 서투른 인물들, 정상적인 리비도의 분출이 이루어지지 못하는 상황 속에 던져진 사람들, 관심과 사랑과 이해를 갈구하는 고독한, 자기중심적인 판토마임들……

이 가련한 인물들은 저마다 자신의 우리 속에서, 자신이 처한 조건 속에서 타자와 자아와 세계에 대한 진지한 인식 없이 반수

상태로 살아가다가, 어느 날 문득 '소나기' 같은 기이한 사건에 부딪히면서 눈을 번쩍 뜨고 헛되이 발버둥치기 시작한다. 일상의 테두리 안에서 맴돌던 그들은 갑자기 궤도를 이탈하면서 착란적인 폭력성을 드러내기 시작한다. 하지만 자신이 왜 그런 행동을 하는지조차 정확히 알지 못한다. 이 '인간-동물'들은 자신들에게 문제가 있다는 것을 제대로 인식하지 못한다. 그들은 자신들이 정상적이라고 생각한다. 가령, 「기린」에서 봅은 아내가 집을 나간 건 '여자들이 원래 미친년들'이기 때문이라고 결론을 내린다. 「곰, 뻐꾸기, 청개구리, 무늬말벌」에서 브루스 리는 자신의 신념(아마도 무의미한)을 고수하기 위해 자식들과 아내를 죽음으로 내몰고 자신 역시 불구가 되지만, 결국에는 '행복하다'고 말한다. 엄마 집에 얹혀사는 「금붕어」의 노총각 프랭크는 엄마의 일거수일투족이 못마땅하고 회사 사람들, 경찰들, 자기 주변의 모든 것이 마음에 들지 않는다. 하지만 그는 자신에게 문제가 있는 게 아니라 그들이 잘못되었다고 생각한다. 「썰매 끄는 개」의 소심 씨가 자신의 핸디캡을 극복하기 위해 선택한 방법에도 문제가 있다. 그는 자신의 결점인 소심함을 긍정적인 방법으로 극복하려 하는 게 아니라 오히려 폭력성을 드러내면서 파괴적으로 변모해간다.

이처럼 그들에게서 표출되는 광기 어린 폭력성은 본질적으로 고독과 욕구불만에서 비롯된다. 그들 스스로 인정하지도 깨닫지도 못하고 있던 욕구불만, 더 정확히 말하자면 리비도가 제대로 분출되지 못해 쌓이게 된 욕구불만이 폭력과 일탈의 형태들로 표출된 것이다. 이러한 광기의 표출을 귄지그는 '엔트로피 증가법칙과 산일구조'라는 물리학 개념으로 풀어내고 있다.

골치 아프지만 이 물리학 개념에 대해 조금 정리해보기로 하자. 엔트로피 증가법칙이란 질서 있는 에너지가 무질서한 에너지로 바뀌는 것을 말한다. 이 무질서의 정도를 나타내는 양을 엔트로피라고 한다. 그리고 열역학제2법칙인 엔트로피 증가법칙에 따라 엔트로피는 계속 증가한다. 그렇게 해서 질서상태에서 무질서상태로의 이동이 계속되다가 결국 에너지는 산일한다. '산일'이란 에너지가 뿔뿔이 흩어져 없어져버린다는 뜻으로, 엔트로피가 계속 커진다는 의미와 일맥상통한다. 그렇게 해서 에너지가 모두 산일되면 열적 평형상태, 즉 에너지 이동이 불가능한 열적 죽음 상태에 이르게 된다.

자, 이제 이 개념을 우리의 주인공들에게 대입해보자. 그들은 '지겹다, 역겹다, 지긋지긋하다, 구역질난다, 견딜 수 없다'는 말을 입에 달고 있다. 그들은 자신들이 처한 상황을 못 견뎌한다. '아직도 여덟 시간을 더 기다려야 했다' '계약기간까지는 아직도 한 달이나 남았다' '아직도 마흔여덟 시간을 더 이 호텔에서 보내야 했다' '일 분 일 초가 흐를 때마다 그녀는 이제 일 분도 더 참을 수 없다고 생각했다'…… 그들은 현재를 벗어나고 싶어한다. 그럼에도 그들은 우리를 벗어나 다다를 지점, 즉 타자의 세계와 담을 쌓고 있다. 타자들로부터 사랑받고 싶은 한없는 욕망의 소유자이면서도 정작 타인의 언어를 이해하지 못하며 이해하려고 노력하지도 않는다. 그들에게 타인의 언어는 새들의 쩍쩍거림이거나 으애앵거리는 아기 울음소리이거나 알아듣지 못하는 외국어이거나 통화 불가능한 전화기일 뿐이다. 그러던 그들에게 어느 날 소나기 같은 사건(정원에 가로누운 거대한 기린, 도난당한 차, 우연히 눈에 띈 광고지……)이 닥친다. 질서정연하다고 생각했던 그들의 세계는 우연한 계기로 인해 갑자기 무질서상태를 향해 이동하기 시작한다. 그들은 광기로 치닫는다. 그리고 점점 정도를 더해가면서 산일해가던 그들의 광기는 어느 순간 완전히 사그라지면서 원점, 즉 움직일 수 없는 죽음의 상태에 이르게 된다. 착각과 오해라는 거대한 장벽에 반사되어 울리는 자신들의 비명만을 확인하면서.

그렇다면 그들의 비명, 그들의 내면에 숨어 있던 광기를 드러내게 만든 건 누구일까? 어떤 개인일까, 그들이 속해 있는 사회일까, 아니면 그들 자신일까? 가해자는 불분명하다. 하지만 앞에서도 말했듯 그들의 광기가 어디서 비롯되었는지는 분명하다.

그 출처는 외로움이다. 권지그의 동물원에 살고 있는 인간들은 짝이 있든 독신이든 상관없이 고독하다. 혼자인 인물들은 성적 환상을 품고 갈망하지만 그 욕구를 충족시키지 못해 고독하고, 짝이 있는 인물들은 성적 환상이 이미 사라지고 없어서 고독하다. 권지그가 이야기를 본격적으로 풀어놓기 전에 속표지에 소개해놓은 짧은 인용문에 등장하는 '모놉'이라는 가상의 동물은 바로 그러한 고독한 존재의 상징체일 것이다. '모놉monop'이라는 단어는 '외톨이'라는 우리말로 옮길 수 있다. 자의에 의해서건 타의에 의해서건 고독이라는 우리 속에 갇혀 있는 외톨이들. 막다른 골목에 내몰린 외톨이들. 작가는 그들이 내뿜는 치명적인 독소 속에 우리를 침수시킨다. 바로 그것이 토마 권지그가 의도한 충격요법이다. 그는 우리의 몽롱한 의식을 뒤흔들어놓는다. 눈을 뜨고 똑똑히 보라는 듯이. 우리는 그 '인간-동물'들을 멀리 떨어져 느긋하게 관망할 수 없다. 충족되지 않는 삶, 불쾌하고 누추하기만 한 삶, 의미가 파괴된 삶, 해답 없는 세계, 그럼에도 불구하고 계속 숨 쉬고 계속 살아가는 그들은 우리와 너무도 가까운 곳, 어쩌면 바로 우리 안에 있기 때문이다.

　토마 권지그는 이 섬뜩하고 우울하고 잔인한 이야기를 능청스럽고도 천진무구하게, 그리고 해학적으로 읊어대고 있다. 기괴하고 뒤틀린 상황을 설명하려 하거나 바로잡으려 하지 않고 태연하게 펼쳐놓는 이야기 방식은 우리를 더욱더 깊은 충격으로 몰아넣는다. 게다가 이 능란한 이야기꾼은 비극적 상황들을 익살극으로 교묘하게 바꿔놓는다. 그래서 우리는 그의 동물원을 구경하는 동안 입가에 간헐적인 웃음을 띠게 될 것이다. 어떤 부분들에서는 폭소를 터뜨리기도 할 것이다. 하지만 그곳을 빠져나오면서, 지독한 슬픔과 아픔을 느끼기 시작할 것이다. 작가가 그 안쓰럽고 가련한 '인간-동물'들에게 어떠한 탈출구도 마련해주지 않기 때문이다. 그리고, 그럼에도 불구하고 그들은 계속 살아가려 하기 때문이다.

이 일곱 편의 뛰어난 단편소설은 비정상적이고 몽환적인 상황들과 동물의 알레고리를 빌려 현재를 살아가는 인간들의 모습을 그려내고 있다는 의미에서 환상적 사실주의, 현대적 우화 혹은 잔혹 동화라고 이름 붙일 수 있을 것이다. 토마 귄지그는 우리나라에 처음 소개되는 벨기에 태생의 젊은 작가다. 1994년 24세로 등단한 이후 그는 자신만의 독특한 색깔로 벨기에와 프랑스뿐 아니라 영국과 미국에서도 평단과 독자들을 사로잡고 있다. 그의 글을 옮기는 시간 동안 정말 행복했다.

2009년 겨울
윤미연

지은이 **토마 귄지그**
1994년 소설집 『8월을 향해 기우는 불안정한 상황』을 발표하여 브뤼셀 시 청년작가상을 수상하면서 벨기에 문단의 샛별로 떠오른 작가. 첫 장편소설 『어느 2개 국어 사용자의 죽음』으로 빅토르 로셀 상과 클럽 메디테라네 상을, 소설집 『세상에서 가장 작은 동물원』으로 편집자들이 뽑은 좋은 소설상을, 그리고 2004년도에는 벨기에 프랑스문학 왕립 아카데미상을 수상했다. 현재 브뤼셀에 살면서 라 캉브르 대학에서 문학을 가르치고 있다.

옮긴이 **윤미연**
부산대학교 불어불문학과 및 동 대학원을 졸업하고, 프랑스 캉 대학에서 박사 과정을 수료한 뒤 전문 번역가로 활동하고 있다. 『우리는 함께 늙어갈 것이다』『마지막 숨결』『사랑을 막을 수는 없다』『구해줘』『홍당무』『첫 번째 부인』『나의 라디오 아들』등 다수의 책을 우리말로 옮겼다.

문학동네 세계문학
세상에서 가장 작은 동물원

초판 인쇄 2010년 1월 4일 | 초판 발행 2010년 1월 15일

지은이 토마 귄지그 | 옮긴이 윤미연 | 펴낸이 강병선
책임편집 김지연 박여영 | 독자 모니터 행운바다 | 저작권 김미정 한문숙
마케팅 정민호 이지현 김도윤 | 제작 안정숙 서동관 김애진

펴낸곳 (주)문학동네
출판등록 1993년 10월 22일 제406-2003-000045호
주소 413-756 경기도 파주시 교하읍 문발리 파주출판도시 513-8
전자우편 editor@munhak.com | 대표전화 031) 955-8888 | 팩스 031) 955-8855
문의전화 031) 955-3576(마케팅) 031) 955-8860(편집)
문학동네카페 http://cafe.naver.com/mhdn

ISBN 978-89-546-0973-9 03860

www.munhak.com